LA CHAPELLE ROOBOL

TROTZKOPF ALS GROSSMUTTER

UEBERREUTER

CIP-Kurztitelaufnahme der Deutschen Bibliothek

Chapelle Roobol, Suse la:
Trotzkopf als Großmutter / La Chapelle Roobol. –
Wien; Heidelberg: Ueberreuter, 1982.
Einheitssacht.: Stijfkapje als grootmoeder ‹dt.›
ISBN 3-8000-2612-0

J 1329/9
Lizenzausgabe mit freundlicher Genehmigung des
Münster-Verlages, Basel

Umschlag von Brigitte Schwaiger unter Verwendung eines Fotos
der Infafilm GmbH, Manfred Korytowski, München

Gesamtherstellung: Carl Ueberreuter Ges. m. b. H., Korneuburg
Printed in Austria

»Großmama, Onkel Heinz ist noch immer nicht da. Wir werden gewiß zu spät an die Bahn kommen.«
»Nein, Irma, du hast Zeit genug; die Fahrt dauert kaum zehn Minuten.«
»Ich hab' solche Sehnsucht nach den Kusinen aus Amerika. Was für einer herrlichen Zeit gehen wir entgegen! Nicht wahr, Großmütterchen?« In ausgelassener Fröhlichkeit flog das schlanke, siebzehnjährige Mädchen mit dem schönen, blonden Kraushaar und den dunkelblauen Augen der alten Dame um den Hals. Liebevoll blickte die verwitwete Frau Ilse Gontrau ihre Enkelin an. Das feine, schmale, von schneeweißem Haar umrahmte Antlitz trug einen wehmütigen Ausdruck, der jedoch durch ein freundliches Lächeln verklärt wurde. »Ja, Kind, auch ich freue mich sehr, daß Tante Marianne und Onkel Fritz aus Amerika zurückkommen und hier wohnen wollen; ich sehne mich sehr danach, die Kinder kennenzulernen.«
»Ist es nicht unbegreiflich, Großmama, daß Onkel Fritz die beiden Mädchen und den kleinen Karl allein vorausgeschickt und die drei gar noch in Paris gewesen sind? So eine große Reise und solch junge Mädchen!«
»Das hat auch mich in Erstaunen versetzt, liebe Irma; aber ich denke, wir werden uns noch über vieles wundern. Amerikanische Mädchen sind ganz anders erzogen.«
»Ah, da kommt Onkel Heinz!« rief Irma, die einen Wagen rollen hörte. Eilig lief sie hinaus. »Wir wollen gleich gehen, Onkel! Es ist schon spät.«

»Nur ruhig!« versetzte die tiefe Stimme eines alten Mannes. »Wir haben noch eine halbe Stunde Zeit, Jungfer Ungeduld. Ich muß erst einen Augenblick aussteigen, weil mein Fuß es nicht so lange in derselben Stellung aushalten kann.«

»Macht die Gicht dir wieder zu schaffen?«

»Ja natürlich, meine alten Knochen benehmen sich schauderhaft.« Brummend stieg der Professor aus dem Wagen, humpelte, auf einen Stock gestützt, durch den Flur und trat in das von der Sonne hell erleuchtete Zimmer.

Die Jahre waren nicht spurlos an ihm vorübergegangen, sie hatten seine kraftvolle, breitschultrige Gestalt etwas gebeugt. Das faltige, von schlohweißem Haar und Bart umrahmte Antlitz zeigte oft einen barschen Ausdruck, denn es machte ihm Vergnügen, sich als launischer Brummbär aufzuspielen, aber die von buschigen Brauen beschatteten Augen konnten noch ebenso schalkhaft und humorvoll durch die goldgefaßte Brille gucken wie in jungen Jahren. Da ihn die Gicht oft wochenlang an den Sessel bannte, hatte er sich vor längerer Zeit pensionieren lassen. Obwohl er mit Vorliebe behauptete, ganz überflüssig in der Welt zu sein und keinem Menschen etwas nützen zu können, wußten seine Freunde doch nur zu gut, daß er vielen unentbehrlich war und es in der ganzen Stadt keinen so hilfsbereiten, wohltätigen Mann gab wie den alten Professor Fuchs.

»Guten Abend, Frau Ilse«, sagte er, während Irma schon den Hut aufhatte und ungeduldig neben ihm stand.

»Sie sind doch noch ausgestiegen? Wozu die unnütze Anstrengung?«

»Papperlapapp, ich bin kein zimperliches Jungfräulein! Anstrengung! Es ist nicht mehr als recht und billig, daß einer, der den ganzen Tag nichts tut, wenigstens mit seinen alten Beinen Bewegung macht.«

»Ja«, entgegnete Frau Ilse zustimmend, denn sie kannte seine kleine Schwäche, bei dem unschuldigsten Widerspruch hitzig aufzufahren. »Aber müssen Sie nun nicht gehen?« fügte sie freundlich hinzu.

»Ach ja, Onkel!« schmeichelte Irma.

»Na, kleine Kröte, dann komm nur! ›Kröte‹, das sagte ich auch immer zu deiner Mutter. Und nun wollen wir die Kinder meines andern Lieblings abholen. Wir werden alt, Frau Ilse.«

»Wir sind alt, Onkel Heinz; das Leben hat beinahe schon mit uns abgerechnet.«

»Unsinn, der Teufel ist alt! Vorwärts, Kind! Auf Wiedersehen! Ich komme noch einmal mit zurück.«

»Natürlich!« stimmte Frau Ilse bei. Sie hörte ihn durch den Flur stapfen, dann den Wagenschlag zuwerfen; die Droschke fuhr fort. Nun lehnte sie den Kopf an die Schlummerrolle des Lehnsessels, um wie gewöhnlich um diese Stunde etwas zu ruhen. Jetzt, vor all der Unruhe, die auf sie wartete, hatte sie das doppelt nötig. Aber obwohl sie die Augen geschlossen hielt und die tiefe Stille, nur von dem regelmäßigen Ticken der schönen, altmodischen Standuhr unterbrochen, geradezu zum Schlummern aufforderte, vermochte Frau Ilse doch nicht einzunicken. Unwillkürlich schweiften ihre Gedanken in die Vergangenheit zurück, und die Ereignisse der letzten fünfundzwanzig Jahre zogen im Geist an ihr vorüber. Am Anfang stiegen nur heitere, lichte Bilder vor ihrer Seele auf: der stetig wachsende Erfolg Ruths, ihrer ältesten Tochter, die als Sängerin immer mehr Lorbeeren erntete und sich in der von ihr erwählten Laufbahn sehr glücklich fühlte. Dann die Verlobung Mariannes, ihres sanften, lieben Blondköpfchens, mit Fritz, dem Sohn ihrer alten Freundin Rosi. Dieses Glück war freilich mit Trauer gemischt, da Marianne ihrem Gatten nach San Franzisko folgen mußte.

Auch als Ruth, die ihre Studien in Berlin und später in Paris fortsetzte, nach einiger Zeit Herz und Hand einem berühmten Geigenkünstler schenkte, hatten die Eltern freudig ihre Einwilligung gegeben. Zwar klagte Frau Ilse, daß ihre Töchter so bald schon das elterliche Nest verließen, doch ihr alter Freund, der Professor, so schwer ihm selbst auch die Trennung von seinen beiden kleinen Kröten fiel, bewies ihr lachend, daß für sie nun die Zeit gekommen sei, ihre Memoiren zu beginnen, und Leo, ihr Gatte, sagte ernsthaft, sie hätten kein Recht, sich zu beklagen. Die Kinder folgten ihrer Bestimmung und täten nichts anderes, als was ihre Eltern vorzeiten auch getan hatten; sie hätten nur Ursache, dankbar zu sein, daß beide den Mann geheiratet hatten, den sie liebten. Ilse, mit ihrem lebhaften Charakter, stark in der Liebe ihres Gatten und ihrer Freunde, lernte es, sich ins Unabänderliche zu schicken, und klagte nicht, daß sie mit ihren Kindern in Amerika nur brieflich verkehren konnte. Auf diesem Wege erfuhr sie auch, daß ihre Enkel sehr liebe Kinder seien. Ruth und ihr Mann weilten meist im Ausland oder in den großen Städten Deutschlands, doch dann und wann verbrachten sie einige Wochen bei ihren Eltern, und als sie erst einen Sohn und später ein Töchterchen bekamen, konnte Großmutter Ilse wenigstens diesen Enkeln ihre Liebe widmen und die Freude genießen, sie von Zeit zu Zeit bei sich zu haben.

Dann waren traurige Tage gekommen. Das Glück, das Ilse so lange treu geblieben war, schien sie zu verlassen, und auch sie mußte die Erfahrung machen, daß in jedem Leben Tränen ebenso notwendig sind wie die Freude, um uns zu tüchtigen, gereiften Menschen zu machen.

Die Freundschaft zwischen den Familien Althoff und Gontrau verminderte sich mit den Jahren nicht; im

Gegenteil, als auch Nellies Pflegetochter Anni sich mit einem Pastor vermählte und die Stadt verließ, hatten sich die beiden Freundinnen noch inniger aneinander geschlossen, und es verging kaum ein Tag, an dem sie nicht zusammenkamen.
Nellie, die nie kräftig gewesen war, fing an zu kränkeln, wollte das aber vor Fred verbergen, der nach Annis Hochzeit wieder mehr denn je von der sorgenden Liebe seiner Frau abhängig geworden war. So merkte er nichts, und selbst vor Ilse verstand Nellie zu verheimlichen, wie elend sie sich oft fühlte. Endlich, während eines ungewöhnlich strengen Winters, fing sie an zu husten. Anfangs wollte sie nichts darauf geben, bis ihr der Doktor das Ausgehen entschieden verbot. Die gute Nellie, die immer nur an andere und nie an sich gedacht hatte, wurde ernstlich krank, und als der Frühling seinen Einzug hielt, erlöste sie ein sanfter Tod von ihrem Leiden. Bis zum letzten Augenblick sorgte sie nur um ihren Fred und beklagte schmerzlich, daß er so einsam und traurig zurückbleibe. Trostlos kniete der Direktor an ihrem Sarg und konnte sich nicht vorstellen, wie er ohne sie leben solle. Täglich ging er zu ihrem Grabe, schmückte es mit frischen Blumen und fühlte sich namenlos unglücklich. Am liebsten weilte er bei Gontraus, wo er mit Ilse stundenlang über seine geliebte Nellie reden konnte.
Auch Ilse war untröstlich über den Verlust ihrer Freundin. Sie hatte diese treu gepflegt, und doch machte sie sich jetzt Vorwürfe, daß sie nicht mehr für sie getan und dem sanften, aufopfernden Wesen seine Liebe und Hingebung nicht genug gelohnt hatte. Auch sie fand Trost in Althoffs Gesellschaft und wurde nicht müde, ihn zu beklagen und mit ihm zu leiden.
Doch die Zeit ist bekanntlich das beste Heilmittel für alle Wunden, und so geschah es denn auch, daß der

Direktor ab und zu seinen täglichen Spaziergang zum Friedhof versäumte, auch wieder über andere Dinge redete und nicht mehr so häufig zu Gontraus kam. Eines Abends, als Ilse mit Leo und Onkel Heinz aus einem Konzert heimkehrte, fanden sie eine gedruckte Anzeige vor, die ihnen von der Verlobung Doktor Althoffs mit Frau Gebel, der Witwe eines Regierungsrates, Mitteilung machte.

Ilses Enttäuschung kannte keine Grenzen. Heftig warf sie den Brief auf die Erde und erklärte es als eine Schmach, daß Althoff Nellie so rasch vergessen habe. Sie wollte ihn nie wiedersehen.

»Das ist doch übertrieben«, sagte Leo. »Bedenke doch, wie Fred von seiner Frau gehegt, gepflegt und verwöhnt war und wie einsam und unglücklich der arme Mann sich nun fühlen mußte! Wenn er aufs neue häusliche Gemütlichkeit und Glück sucht, darfst du ihn wirklich nicht verurteilen.«

»Verehrte Frau«, fügte der Professor in seinem gewohnten spöttischen Ton hinzu, »nicht alle Männer sind schon in der Wiege zu alten Junggesellen oder vertrockneten Bücherwürmern bestimmt.«

Diese Worte gossen aber nur Öl ins Feuer. Der Trotzkopf der Jugendzeit, der sich jetzt so selten zeigte, daß man sein Vorhandensein beinahe vergessen hatte, kam wieder einmal zum Vorschein. »Unsinn!« rief sie heftig. »Natürlich müßt ihr ihm die Stange halten. Die Männer sind alle gleich, herzlose Egoisten, die die Liebe einer Frau nicht verdienen und sie nur zu schnell vergessen.«

»Aber Ilse!« wandte Leo ein.

»Schweig still! Du würdest es geradeso machen, wenn ich gestorben wäre«, klagte sie.

»Das weißt du wohl besser, Liebste«, nahm Gontrau ernst das Wort. »Aber wir dürfen unsere Nebenmenschen nicht gleich verurteilen, wenn sie unter Umständen anders handeln, als wir an ihrer Stelle getan hätten. Wenn auch nicht alle Männer imstande sind, nur einmal im Leben und für immer zu lieben, so ist es doch sehr gut möglich, daß ihre Zuneigung warm und echt ist.«

»Kein einziger Mann besitzt die Fähigkeit, nur einmal im Leben zu lieben«, erklärte Ilse, noch immer zürnend; »ausgenommen du«, fügte sie plötzlich hinzu, als sie den traurigen, vorwurfsvollen Blick Leos bemerkte.

Professor Fuchs sah beide an, und als Ilses Blick dem seinen begegnete, meinte sie, einen eigentümlichen Ausdruck darin zu lesen, und fragte: »Na, Herr Professor, Sie sind natürlich wieder nicht meiner Meinung?«

Aber statt der streitsüchtigen Antwort, die sie erwartet hatte und auf die gewöhnlich ein hitziger Wortwechsel folgte, erwiderte Onkel Heinz milde: »Nein, Frau Gontrau, denn ich weiß, daß es Männer gibt, die ebenso treu wie eine Frau zu lieben vermögen, ihr ganzes Leben lang, selbst ohne Gegenliebe und ohne die Hoffnung, jemals glücklich zu werden.« Gedankenvoll starrte er vor sich hin, und sein Antlitz zeigte den Ausdruck, der Ilse jetzt nicht mehr – wie vor vielen Jahren – in Bestürzung versetzte, sondern jetzt nur mit Mitleid erfüllte, warum, wußte sie selbst nicht zu sagen.

Wenn Frau Ilse bei ruhiger Überlegung auch zugeben mußte, daß Direktor Althoffs Benehmen zu entschuldigen war, so empfing sie ihn doch mit kühler Höflichkeit, als er ihr seine Braut vorstellte. Instinktiv fühlten beide, daß die alte Freundschaft aufgehört hatte, und obwohl sie sich dann und wann sahen, war doch von dem früheren herzlichen Verkehr keine Rede mehr. Ilse konnte es Fred nicht verzeihen, daß er Nellies Platz von einer anderen einnehmen ließ. Als es sich nach einiger Zeit herausstellte, daß seine zweite Frau lange nicht so liebevoll und sanft war wie die verstorbene, daß der Direktor recht unter dem Pantoffel stand und von Verhätscheln und Verwöhnen keine Rede war, empfand Ilse nicht das geringste Mitleid mit ihm, sondern erklärte, daß er nur ernte, was er verdient habe.

Wieder vergingen viele Jahre. Die Enkel in San Franzisko wurden groß und schrieben nette deutsche Briefchen an Großpapa und Großmama Gontrau. Ruths Sohn, der jetzt im vierzehnten Jahr stand, zeigte eine so überraschende musikalische Begabung, daß seine Eltern daran dachten, auch ihn die Künstlerlaufbahn einschlagen zu lassen. Da geschah etwas Schreckliches, und eine Zeitlang war Ilse von dem schwersten Schlag, der sie treffen konnte, völlig gebeugt.

Obwohl fast sechzig Jahre alt, stand Professor Gontrau doch noch in voller Kraft und kam seinen vielen Amtsgeschäften mit Eifer und Treue nach. Ihm und Ilse schwanden die Jahre fast unmerklich dahin, und beide sahen für ihr Alter recht jung und frisch aus. Das kam von dem vielen Glück, das ihnen das Schicksal bescherte, und von der großen Liebe, mit der sie sich gegenseitig umgaben. Da zog sich Gontrau, der nie krank gewesen war, eine Erkältung zu, die er anfänglich vernachlässigte. Sie hatte eine schwere Lungenentzündung zur Folge, die ihn innerhalb einer Woche dahinraffte. So schnell und heftig hatte sich die Krankheit verschlimmert, daß Ruth und ihr Mann, die in Paris weilten, kaum Zeit fanden, an das Sterbebett ihres Vaters zu eilen, und erst ein paar Stunden vor seinem Hinscheiden eintrafen. Sie waren tief betrübt. Ihre Kinder, Gustav und die kleine Irma, weinten heiße Tränen, weil der liebe Großpapa, an dem sie so zärtlich hingen, von ihnen ging. Fritz und Marianne schrieben aus San Franzisko untröstliche Briefe.

Im Kreise der Rechtsgelehrten, zu dem Professor Gontrau gehörte, herrschte große Trauer, aber kein Schmerz war mit der starren Verzweiflung zu vergleichen, die sich Ilses bemächtigt hatte. Von allen Seiten wurden ihr Zeichen der Teilnahme entgegengebracht. Ruth und die Kinder blieben wochenlang bei ihr. Die Tochter bot alles auf, um ihre Mutter zu trösten. Professor Fuchs zeigte in seiner eigenartigen Weise, wie innig er mit der Witwe fühlte. Flora Werner kam selbst vom Lande herein und zeigte sich so herzlich, daß Onkel Heinz, der sie immer überspannt gefunden und sich nie viel aus ihr gemacht hatte, sich ganz mit ihr aussöhnte. Doch alles war vergebens, Ilse wollte keinen Trost gelten lassen. Bis dahin noch eine hübsche, stattliche Dame, hatte sie sich im Laufe weniger Monate in eine alte Frau mit schneeweißem Haar verwandelt; die früher so lebhaften Augen blickten erloschen aus dem bleichen, hager gewordenen Antlitz, die stets so beschäftigten Hände lagen tagelang müßig im Schoß.

Mit Tränen in den Augen hatte Ruth sie oft umarmt und angefleht, sich doch ein wenig aufzuraffen.

»Ich kann nicht, Kind«, lautete die traurige Antwort, »selbst wenn ich wollte. Glaube mir, das beste für mich wäre, wenn ich deinem treuen Vater bald folgen würde!«

Mit zusammengezogenen Brauen und verdüstertem Gesicht bemerkte Onkel Heinz, der fast täglich im Gontrauschen Hause weilte, diese traurige Veränderung. Anfangs hatte er das größte Verständnis für Ilse und konnte nicht zart genug mit ihr umgehen. Allmählich aber sah er die Dinge mit anderen Augen an und beschloß, einmal ein ernstes Wort zu reden.

»Wissen Sie, Frau Gontrau«, begann er, als er mit ihr

allein war, »woraus wir, meiner Ansicht nach, Trost schöpfen können, wenn wir unsre Liebsten verloren haben?«

Ilse schaute ihn fragend, mit einem Schimmer von Interesse an.

»Wenn wir in ihrem Geiste weiterleben«, fuhr der alte Mann fort, »wenn wir genau das gleiche tun, womit wir sie glücklich machten, als sie noch bei uns weilten.«

»Vielleicht«, versetzte Ilse mit bitterem Lächeln.

»Sie aber tun das nicht«, fuhr Onkel Heinz erbarmungslos fort. »Oder glauben Sie, der gute Gontrau würde sich darüber freuen, wenn er wüßte, daß Sie sich so gehenlassen, sich sogar gegen die Liebe Ihrer Kinder gleichgültig zeigen und auf dem besten Wege sind, Ihre Gesundheit zu zerstören und sich aufzureiben?«

»Zum Glück weiß er das nicht.«

»Sind Sie dessen ganz sicher? Und selbst wenn es so wäre, der Gedanke, in dem Geist und Sinn unserer lieben Verstorbenen weiterzuleben, ist ein festes Band, das uns mit ihnen verbindet. Jedenfalls finde ich Sie in Ihrem Leid ganz besonders egoistisch und undankbar.«

Ilse stand auf, ihre trüben Augen fingen an zu funkeln, etwas von ihrer alten Natur wurde wach in ihr, und sie rief entrüstet: »Wie dürfen Sie es wagen, so mit mir zu sprechen? Ich verlange nichts, als daß man mich mit meinem Schmerz allein läßt. Egoistisch, undankbar! Wie sollte ich Ursache haben, dankbar zu sein, da das größte Leid über mich gekommen ist, das eine Frau treffen kann!«

Onkel Heinz ließ sich jedoch nicht abschrecken; er war schon froh, daß er sie aus ihrer Teilnahmslosigkeit aufgerüttelt hatte, und fuhr ruhig fort: »Egoistisch, weil Sie an sich denken und ganz vergessen, daß es Ihre Pflicht ist – und nichts weiter als Ihre Pflicht und Schuldigkeit –, für Ihre Kinder zu leben und ihnen durch doppelte Liebe den Vater zu ersetzen. Undankbar, weil Sie all das Gute nicht erkennen, was Ihnen noch geblieben ist. Wer sind Sie denn, Frau Ilse, und auf welchen Standpunkt stellen Sie sich eigentlich, um so viel vom Leben fordern zu dürfen?«

»Ich?« stammelte sie verständnislos.

»Ja, Sie«, wiederholte er heftig. »Alles Glück, das ein Menschenleben erfüllen kann, ist Ihnen zuteil geworden. Sie haben eine sorglose Jugend genossen, waren schön und gesund und durften den Mann heiraten, den Sie liebten. Ihre Kinder haben Ihnen nie eine trübe Stunde bereitet. Auch an irdischen Gütern fehlte es nicht. Mehr als dreißig Jahre waren Sie mit Ihrem Mann vereint und haben Sie das denkbar größte Glück erfahren.«

Seine Stimme klang seltsam bewegt, was Ilse nicht entging, und als sie durch ihre Tränen zu ihm aufschaute, sah sie, daß er ganz gerührt war. Freundlich reichte sie ihm die Hand und flüsterte: »Sie haben recht, ich will mich zusammennehmen.«

Und sie hielt Wort. Zwar wurde sie nicht mehr die alte Ilse, die sie früher gewesen war, aber sie lernte sich in das Unabänderliche schicken, zehrte vom Glück, das sie früher besessen hatte, und konnte dankbar sein für das, was ihr geblieben war. Niemand, selbst Ruth nicht, erfuhr, was der alte Professor ihr gesagt hatte. Ihre Kinder schrieben die günstige Veränderung der alles heilenden Zeit zu.

Einige Jahre später baten Ruth und ihr Gatte Heinrich, ihr Töchterchen Irma auf unbestimmte Zeit ins Haus geben zu dürfen. Durch ihren Beruf gezwungen, waren sie viel auf Reisen und konnten nie lange an einem Ort verweilen. Dieses unstete Leben mußte die Erziehung des heranwachsenden Mädchens un-

günstig beeinflussen. Mit Gustav war das etwas anderes. Der Knabe spielte bereits so meisterhaft Klavier, daß er seine Eltern nicht nur begleitete, sondern sich schon allein öffentlich hören ließ. Irma aber war nicht künstlerisch veranlagt, für sie paßte dieses ruhelose Leben nicht.
Mit welcher Freude Frau Ilse die Bitte ihrer Tochter erfüllte, läßt sich denken. Sie fühlte sich oft sehr einsam, und nun, wo die hübsche, lustige Irma ihr Gesellschaft leistete, erwachte wieder viel von ihrer früheren Lebenslust.
Alle diese Ereignisse zogen im Geist an Ilse vorüber, während sie in ihrem gemütlich eingerichteten Wohnzimmer saß. Sie erkannte, daß sie es eigentlich Onkel Heinz verdankte, daß sie nun mit Freuden der Ankunft ihrer unbekannten Enkelkinder entgegensehen und sich auf die spätere Heimkehr von Fritz und Marianne aus dem fernen Land freuen konnte, und ein Gefühl der Dankbarkeit gegen ihren alten Freund erfüllte sie.

Unterdessen waren Professor Fuchs und Irma auf dem Bahnhof angelangt und schritten ziemlich ungeduldig auf dem überdachten Bahnsteig auf und ab, um die Ankunft des Zuges abzuwarten.
»Glaubst du, daß wir sie schnell herausfinden, Onkel?« fragte Irma.
»Aber natürlich! Sie werden Lärm genug machen.«
»Ich bin so schrecklich neugierig. Wenn der Zug nur schon käme! Es ist nicht mehr auszuhalten.«
Ein schriller, langgezogener Pfiff in der Ferne, ein immer lauter werdendes Getöse verriet, daß die Wartezeit ein Ende hatte.
»Ruhig!« mahnte Onkel Heinz, als Irma ihn mitten ins Menschengewühl hineinziehen wollte. »Glaubst du, mir macht es Vergnügen, auf meinen schmerzenden

Fuß getreten zu werden? Wir bleiben hier stehen, dicht neben dem Eingang; da müssen sie vorbeikommen, und wir können sie nicht verfehlen.«
Irma wäre lieber weitergegangen, aber sie nahm sich zusammen, reckte sich, soviel sie konnte, und bemühte sich, die Erwarteten zu entdecken »Ach, ich fürchte, sie sind nicht da!« flüsterte sie enttäuscht.
»Ich glaube, du bist meine Kusine Irma«, sagte plötzlich eine helle Stimme in reinstem Deutsch dicht neben ihr, und vor ihr standen zwei junge Mädchen mit einem Knaben von etwa zehn Jahren.
»Maud! Agnes!« rief Irma erfreut. »Seid ihr's wirklich? Ach wie schön, daß wir euch gefunden haben!« Sie war doch etwas verlegen und warf rasch einen Seitenblick auf die Amerikaner. Die beiden Mädchen waren groß und schlank, trugen sehr einfache Reisekostüme von dunklem Stoff, gut, aber ohne jede Verzierung gearbeitet, um den Hals einen weißen Kragen mit einer hübsch geschlungenen Krawatte. Irma fand, daß sie jungenhaft aussahen, besonders Maud, deren dunkles Haar kurz geschnitten war. Beide trugen Filzhüte mit einem breiten, glatten Band. Der Knabe sah sehr nett aus. Er war klein für sein Alter, hatte aber ein kluges, verschmitztes Gesicht. Mit seinen langen Hosen und seiner kurzen Jacke glich er einem kleinen Herrn. Alle drei schienen ihren Handkoffer mit Vergnügen selbst zu tragen. In ihrer Kleidung wie in ihrem Äußeren lag etwas höchst Korrektes, und sie sahen durchaus nicht ermüdet und abgespannt aus.
»Sie müssen Onkel Heinz sein«, sagte Maud, auf den Professor zutretend. »Vater und Mutter haben uns so viel von Ihnen erzählt, daß wir Sie überall herausfinden würden.«
»Na, na, ihr Taugenichtse, eure Eltern haben mich seit zwanzig Jahren nicht gesehen! Was können sie da noch von mir behalten haben?« fragte der Professor.

»Oh«, nahm der kleine Karl das Wort, »Sie sind gewiß nur ein bißchen weißer geworden! Aber den Spitzbart und das lustige Gesicht haben Sie wohl immer gehabt.«

»Nu hör' mir einer so einen Naseweis an! Was sagst du zu so einem Dandy, Irma?«

Die Amerikaner waren so zutraulich und liebenswürdig, daß es Irma nach kaum fünf Minuten schien, als hätten sie einander schon seit Jahren gekannt.

An der Treppe, die vom Bahnsteig hinunterführte, bot Agnes Onkel Heinz den Arm, und der kleine Junge lief voraus, öffnete die Türen des Wartesaales und sah sich sofort nach dem Wagen um. Dienstfertig riß er den Schlag auf, half den jungen Damen und Onkel Heinz beim Einsteigen und kletterte, da im Innern kein Platz mehr für ihn war, auf den Bock. Das alles tat er mit einer Gewandtheit und Selbstverständlichkeit, als ob er zwanzig und nicht zwölf Jahre alt wäre.

»Aber wir vergessen ja das Gepäck!« rief Irma. »Wo sind eure Koffer?«

»Wir haben nichts weiter als unser Handgepäck«, entgegnete Maud.

»Nichts als diese kleinen Köfferchen? Und damit habt ihr eine solche Reise gemacht?«

»Nun, was brauchen wir mehr? Ein gutes, handfestes Reisekostüm, eine seidene Bluse und ein heller Rock, das genügt. Wäsche kann man an jedem Ort kaufen oder waschen lassen. Viel Gepäck auf der Reise ist unpraktisch.«

Nach einer Viertelstunde hielt der Wagen vor dem Hause von Frau Gontrau. Die Doppeltür öffnete sich, noch ehe der Kutscher klingeln konnte. Im Vorzimmer stand Großmutter Ilse und hieß ihre Enkelkinder mit Tränen in den Augen willkommen.

»Liebste, beste Großmutter! Sehen wir dich endlich?« riefen die Mädchen und eilten gleichzeitig auf sie zu.

Endlich beruhigten sich die Gemüter ein wenig, und entzückt schaute Ilse die Kinder an. »Sehen Sie doch, Onkel Heinz«, rief sie erregt, »ist Maud nicht ihrem Vater wie aus den Augen geschnitten? Und Agnes, du gleichst auf ein Haar deiner Mutter, auch so blond und sanft. Wann kommen eure Eltern, liebe Kinder?«
»In sechs Wochen etwa, Großmama. Wir müssen erst ein Haus mieten und einrichten.«
»Wem sehe ich ähnlich, Großmama?« fragte Karl.
»Das weiß ich noch nicht, mein lieber Junge.«
»Die Mutter sagt«, nahm Maud das Wort, »daß er viel vom Großvater hat«, und sie blickte nach einem lebensgroßen Porträt Leos, das an der Wand hing.
Das gab Ilse einen Stich ins Herz. Ach, wie oft hatte sich Leo auf das Wiedersehen mit seinen Kindern und Enkeln gefreut! Wie innig hatte er gewünscht, daß sein Schwiegersohn Fritz einen Wirkungskreis in ihrer Nähe finden und seinem Adoptivvaterland Lebewohl sagen möchte! Nun, da sich sein Wunsch erfüllte, konnte er sich nicht mehr darüber freuen. Verräterisch zuckten die Lippen der alten Frau. Da bemerkte sie, wie Onkel Heinz sie ernst und ermutigend anschaute. Der Gedanke, daß er nur zu gut verstand, was in ihr vorging, gab ihr Kraft; tapfer schluckte sie die Tränen hinunter und sagte heiter: »Aber Kinder, ihr müßt ja todmüde sein! Irma, führe sie nach oben und zeige ihnen ihre Zimmer! Dann können sie sich vor dem Abendessen ein wenig ausruhen.«
»Nicht nötig, Großmama«, fiel Agnes lebhaft ein. »Wir haben heute nacht im Zug herrlich geschlafen und es uns ganz bequem gemacht. Das einzige, was uns nottut, ist, etwas zu essen.«
»Dann gehen wir gleich zu Tisch!« schlug Ilse vor. »Kommen Sie, Onkel Heinz!«
Lachend nahm sie den Arm des alten Herrn und schritt voraus, während Irma sich im stillen wunderte,

wie man länger als zwanzig Stunden reisen und dann erklären konnte, nicht müde zu sein.
Bald war die ganze Familie gemütlich um die Abendtafel versammelt. Der Tisch war festlich mit wertvollem altem Porzellan, schön geschliffenem Kristall, Blumen und Früchten gedeckt. Auf dem altmodischen Kronleuchter waren alle Kerzen angezündet.
Die amerikanischen Gäste taten dem Festmahl die größte Ehre an, und alle schwatzten lustig und lebhaft durcheinander.
»Kinder«, fragte Ilse im Laufe des Gesprächs, »wie gefällt euch Paris?«
»Herrlich, Großmama! Eine großartige, fröhliche Stadt, entzückend mit all den großen Plätzen und Parks, dem vielen Grün und der Blumenpracht. Jetzt war es ganz besonders schön, denn Flieder und Kastanien standen in voller Blüte.«
»Herrscht nicht ein schrecklicher Trubel dort?«
»Nein, bei uns geht's lebhafter zu; da gibt's viel mehr Lärm und Hast, und die Menschen haben mehr zu tun, aber in Paris ist alles eleganter, reicher.«
»Hattet ihr keine Angst, so ganz allein in der großen fremden Stadt?« fragte Irma neugierig.
»Ganz allein?« rief Karl lachend. »Wir waren doch zu dritt!«
»Ja, aber ihr seid doch so jung und hattet keine Bekannten, die euch herumführen und euch alles zeigen konnten.«
Maud lachte. »Wir kannten niemand. Tante Ruth hat zwar an einige Familien geschrieben, sich unser anzunehmen, aber wir fanden es so umständlich, erst Besuche zu machen. Das hätte uns nur Zeit gekostet, und es gab doch so viel zu sehen.«
»Das ist schade«, meinte Ilse. »Ohne Begleitung konntet ihr doch nicht ins Theater gehen, und dadurch habt ihr viel versäumt.«

»Ich verstehe dich nicht, Großmama; wir sind in verschiedenen Theatern gewesen.«

»Allein?«

»Wir drei und manchmal wir beide, wenn es für Karl zu spät wurde.«

»Ihr beiden jungen Mädchen allein abends im Pariser Theater?« fragte Ilse erstaunt. »Wußten eure Eltern das?«

»Natürlich, Großmama! Wir gehen immer allein aus, überallhin. Alle amerikanischen Mädchen tun das, und niemand findet etwas dabei.«

»Aber Kinder«, fragte Ilse, »habt ihr in Paris denn nie eine unangenehme Begegnung gehabt?«

»Nicht ein einziges Mal, Großmama«, versicherte Agnes. »Niemand achtete auf uns; ruhig und sicher, den Reiseführer in der Hand, gingen wir unseres Weges. Wenn wir etwas zu fragen hatten, antworteten uns die Leute stets freundlich und höflich. Wir waren immer einfach gekleidet, und jeder sah gleich, daß wir Fremde waren.«

»Nun«, nahm die Großmutter wieder das Wort, »ich versichere euch, daß in meiner Jugend niemand so etwas gewagt hätte. Dabei war ich noch ein kecker Tollkopf. Aber davor wäre mir doch bange gewesen. – Was sagen denn eigentlich Sie dazu, Onkel Heinz?«

Der alte Herr hatte schmunzelnd zugehört. »Mir gefällt das alles ausgezeichnet! Sie wissen ja, daß ich auf die übertriebenen Formen nichts gebe. Ich bin für die amerikanischen Mädchen. Und da nun gerade die Gläser gefüllt sind, schlage ich vor, sie leben zu lassen.«

Fröhlich stimmte jeder in dieses Lebehoch ein. Aber nun war es spät geworden und man trennte sich. Die jungen Gäste wurden auf ihre Zimmer geführt, und bald herrschte tiefe Stille im Haus.

Am nächsten Morgen sandte die strahlende Maisonne Lichtfunken durch die Stäbe der heruntergelassenen Jalousien in Irmas Zimmer, und endlich gelang es ihr, das junge Mädchen aufzuwecken. Irma rieb sich die Augen und dann, ohne daß sie sich recht darauf besinnen konnte, fiel ihr ein, daß sich gestern abend etwas sehr Nettes zugetragen hatte. Ach ja, die Ankunft der amerikanischen Kusinen! Sie sah nach der Uhr und merkte mit Schrecken, daß es schon sehr spät war und sie die übliche Zeit verschlafen hatte. Eilig sprang sie aus dem Bett und kleidete sich an.

Bei Großmama schadete das nichts, die machte kein böses Gesicht, wenn sie ein bißchen spät herunterkam, aber was würden die amerikanischen Kusinen denken? Irma war ein recht verwöhntes Kind; da sie aber so liebenswürdig, sanft und herzlich war, ließ Großmutter Ilse ihr in ihren kleinen Liebhabereien und Neigungen ihren freien Willen. Sie war nicht eitler als die meisten jungen Mädchen, obwohl sie wußte, daß sie ein hübsches Gesicht hatte, mit wundervollen blauen Augen, umrahmt von einer Fülle krausen, goldblonden Haares. Sie hielt sehr darauf, nett angezogen zu sein, und brauchte viel Zeit zu ihrer Toilette, aber das Ergebnis war dann auch stets ein so befriedigendes, daß die Großmutter, selbst wenn sie zuweilen über solche Zeitvergeudung schalt, sich heimlich gestehen mußte, daß das kleine Ding wirklich unwiderstehlich aussah.

Den gleichen Gedanken hatten auch die amerikanischen Kusinen, als Irma endlich in einem blau und weiß gestreiften Morgenkleid bei ihnen eintrat, und der kleine Karl, der sich bereits im Zimmer seiner Schwestern befand, erklärte Irma für das schönste Mädchen, das er je gesehen habe.

Maud, Agnes und Karl zeigten sich bis auf Hut und Handschuhe bereits zum Ausgehen gerüstet. Aber auch das Zimmer war schon völlig fertig. Die Betten waren gemacht, die Waschtische in Ordnung gebracht. Überall war Staub gewischt, ja, Agnes war eben damit beschäftigt, den Pflanzen, die auf dem Balkon standen, Wasser zu geben.

»Warum habt ihr das alles selbst besorgt?« fragte Irma verwundert.

»Das sind wir so gewöhnt, und wir lieben es nicht, uns bedienen zu lassen. Was wir selbst tun können, machen wir auch selbst. Bei uns haben wir keine Dienstmädchen in dem Sinn, wie ihr das versteht. Zu gewissen Arbeiten, die wir nicht verrichten können, kommen Leute stundenweise jeden Tag; dann gehen sie wieder. Unsere Mutter erzählte uns, daß es hier ganz anders sei, aber so rasch können wir uns nicht daran gewöhnen.«

Großmutter Ilse erwartete das junge Volk im Eßzimmer, dessen weit offenstehende Glastüren in den Garten führten. Nach dem Frühstück wurde das Tagesprogramm entworfen. Die Mädchen wollten sich am liebsten gleich nach einer passenden Wohnung umsehen. Sie wollten von Großmama und Irma genau wissen, welches Stadtviertel das geeignetste sei, damit sie keine unnötigen Wege zu machen brauchten.

»Aber erst muß ich zwei Briefe schreiben«, erklärte Maud, »oder besser, du, Agnes, schreibst den an unsre Eltern, das erspart Zeit. Den andern muß ich selbst erledigen.«

Sie wurde rot dabei, und Irma forschte lachend: »Ist er so wichtig, daß du ihn nicht bis nachmittag aufschieben kannst?«

»Ja«, versetzte Maud, »dieser Brief ist für meinen Verlobten bestimmt.«

Großmama und Irma machten sehr erstaunte Gesichter. »Du bist schon verlobt, mein Kind?« fragte Ilse. »Und davon erfuhr ich nichts? Das ist doch nicht auf

der Reise zustande gekommen?« fügte sie hinzu, in Sorge, daß ihre Enkelin ohne Wissen der Eltern einen unüberlegten Schritt getan habe.
»Nein, Großmama«, erwiderte Maud ruhig. »John und ich sind schon fast ein Jahr verlobt. Er ist Waise; Vater und Mutter haben es vom ersten Tag an gewußt. Vater hielt es für besser, nicht darüber zu reden, denn es dauert noch ein Jahr, bis John fertig ist und wir heiraten können. Daher haben wir nichts in unseren Briefen erwähnt, aber ich wollte es dir natürlich gleich mitteilen.«
»Und was ist dein Bräutigam?«
»Im Augenblick Heizer auf einer Lokomotive.«
»Was!« riefen Ilse und Irma, im höchsten Grade überrascht, wie aus einem Munde.
»Heizer auf einer Lokomotive«, wiederholte das junge Mädchen mit größter Gemütsruhe.
»Hat er denn nichts gelernt?« fragte Irma kleinlaut.
Maud fing an zu lachen. »Hab nur keine Angst! Mein John ist Ingenieur und wird übers Jahr zweiter Direktor einer großen Dampfmaschinenfabrik. Aber er muß auch praktisch lernen, und daher arbeitet er eine Zeitlang als einfacher Heizer.«
»Ein Heizer«, nahm Irma das Wort, und ihre blauen Augen wurden immer größer vor Verwunderung, »mit schwarzem Gesicht und schmutzigen Händen?«
Maud ärgerte sich, Agnes aber brach in lustiges Gelächter aus. »Was bist du doch für ein Gänschen, Irma! Wenn er sich gewaschen und umgezogen hat, sieht ihm niemand seine Beschäftigung an.«
»Überdies«, fiel Maud ein, »ist ein Arbeiter bei uns geradesogut ein Gentleman wie jeder andere; es kommt nur auf die Persönlichkeit an. Uns hat man gelehrt, daß keine Arbeit eine Schande ist.«
»Du hast ganz recht«, meinte Frau Ilse; »aber du mußt es meiner kleinen Irma nicht übelnehmen, daß sie et-

was erstaunt ist. Sind die Sitten und Gebräuche in Amerika auch anders, im Grunde genommen haben wir doch die gleichen Ansichten. So willst du uns also bald wieder verlassen, Maud?«

»In einem Jahr kommt John, um mich zu holen, Großmama.«

»Und du, Agnes?«

»Oh, du behältst mich zunächst bei dir, vielleicht für immer! Ich habe keinen Verlobten in Amerika.«

Die jungen Mädchen schrieben ihre Briefe, und dann gingen sie mit Irma auf Wohnungssuche. Ilse wollte nach einem Wagen schicken, Maud aber erklärte, sie finde es bequemer, zu Fuß zu gehen, dann könnten sie sich besser umschauen. Daher mußte Großmama den Gedanken, sie zu begleiten, aufgeben, denn sie fürchtete die Anstrengung. Auch bedurften ihre energischen Enkelinnen ihres Rates nicht, denn sie wußten genau, was sie brauchten. So konnte sie ihnen die Sache getrost überlassen. Irma ging zum Vergnügen mit. Sie gesellte sich zu Agnes, während Maud und Karl vorauswanderten und eifrig beratschlagten.

Die deutsche Kusine wunderte sich immer mehr über den Takt, die Ruhe und Geschäftskenntnis, welche die fremden jungen Mädchen an den Tag legten. Sie erkundigten sich nach allem, sprachen mit Hauseigentümern und Verwaltern, machten solch praktische Bemerkungen, daß die Männer sie erstaunt betrachteten. Endlich glückte es ihnen, vor der Stadt ein geräumiges, von einem hübschen Garten umgebenes Haus zu mieten. Maud schlug vor, der Besitzer solle noch denselben Abend mit dem Vertrag zu Frau Gontrau kommen, da die Sache eile. Das Haus konnten sie sofort beziehen, es sah sehr gut erhalten aus und bedurfte nur geringer Ausbesserungen.

»Ich fürchte, daß ich sehr dumm bin«, sagte Irma seufzend, als sie, munter plaudernd, den Heimweg antraten. »Erst fand ich es sehr komisch, daß ihr allein ein Haus für eure Eltern mieten solltet. Meinen Eltern würde es nie einfallen, mir einen solchen Auftrag zu geben. Ich könnte es auch nicht, denn noch nie in meinem Leben habe ich selbständig etwas unternommen.«

»Dann wird es höchste Zeit«, fand Maud. »Wie alt bist du eigentlich, Irma?«

»Siebzehn.«

»Agnes ist achtzehn, und ich werde nächstens zwanzig.«

»Du kommst mir wie dreißig vor!« rief Irma. »Das heißt«, fuhr sie erschrocken fort, »nicht in deinem Äußeren, denn mit den hübschen kurzen Locken siehst du wie sechzehn aus, aber in deinem Auftreten. Du bist so schrecklich verständig, ganz wie eine Frau.«

»Das will ich meinen!« sagte Maud ruhig.

»Mach nur nicht so ein erschrecktes Gesicht, Irma!« nahm Agnes freundlich das Wort. »Du brauchst nicht energisch aufzutreten; du bist so ein liebes, hübsches kleines Ding, das sein Leben lang beschützt werden muß.«

»Das möchte ich auch. Mir ist so bange vor selbständigen Frauen.«

Maud mußte lachen. »Wir haben nur gelernt, uns, wenn nötig, selbst zu helfen und unabhängig und frei aufzutreten, wo es gerade angebracht ist.«

»Aber ich will nicht unabhängig auftreten«, beharrte Irma. »Wenn ich einmal heirate, will ich von meinem Mann ganz abhängig sein, ihn als mir überlegen betrachten; er aber muß mich verwöhnen, verhätscheln und in mir das schönste Wesen sehen, das ihm anvertraut ist.«

»Das würde mir nicht genügen«, erwiderte Maud, und ihre Mundwinkeln zuckten verächtlich. »Ich will meinem Mann Gefährtin und Helferin sein!«

Irma antwortete nichts, sie nahm den Arm ihrer jüngeren Kusine. Ohne recht zu wissen weshalb, fühlte sie sich mehr zu Agnes hingezogen. Ob das daher kam, daß diese sie schon zweimal schön und unwiderstehlich genannt hatte? Sie gestand sich das selbst nicht ein, fand Maud auch sehr lieb, aber die war drei Jahre älter und – verlobt. Da war es wohl natürlich, daß sie sich mit Agnes inniger befreundete.
Die Mädchen baten Großmutter Ilse, nach dem Mittagessen mit ihnen das Haus zu besichtigen, ehe es endgültig gemietet wurde. Onkel Heinz, der sich erkundigen wollte, ob die Reisenden gut geschlafen hätten, schloß sich ihnen an. Beide waren höchst befriedigt. Ilse, weil das Haus nur ein Viertelstündchen von ihrer Wohnung entfernt lag, und der Professor, weil die Zimmer so geräumig, hoch und luftig waren. In heiterer, fast ausgelassener Stimmung durchschritten und besichtigten sie sämtliche Räume, und die Mädchen erzählten schon, wie sie alles einrichten wollten, als Frau Ilse plötzlich erschrocken ausrief: »Aber Kinder, wann geht ihr denn zu eurer Tante Elisabeth?«
Der kleine Karl schnitt Irma ein Gesicht, daß sie losprustete, Agnes' lachendes Gesicht verdüsterte sich, und Maud sagte: »Aber Großmama, dazu haben wir doch vorderhand keine Zeit! Es eilt auch nicht.«
»Doch, sie ist die einzige Schwester deines Vaters.«
»Papa konnte Tante Elisabeth nie leiden; er machte sich nichts aus ihren Briefen«, ergänzte Karl.
»Und doch hat er sicher gesagt, daß ihr sie gleich nach eurer Ankunft besuchen sollt«, beharrte Frau Ilse. »Was meinen Sie, Onkel Heinz?«
»Ach, was sollen die Kinder bei einer so langweiligen alten Jungfer!«
»Siehst du wohl, Großmama! Onkel Heinz muß es doch wissen«, riefen die Mädchen wie aus einem Munde.

»Nein, Onkel Heinz weiß es nicht«, erklärte Frau Ilse bestimmt, dem Professor einen unzufriedenen Blick zuwerfend. »Denken Sie doch, wie einsam Tante Elisabeth ist! Seit dem Tod eurer Großmutter, der alten Frau Rosi Müller, lebt sie ganz allein. Nun sind die Kinder ihres einzigen Bruders aus Amerika gekommen, und es wäre mehr als unartig und herzlos, wenn ihr sie nicht aufsuchen wolltet.«
»Großmama hat recht«, pflichtete Maud bei, »morgen früh wollen wir zu ihr gehen.«
»Ich komme aber nicht mit«, rief Irma, »ich habe keine Lust, getadelt zu werden wie ein kleines Kind. Jedesmal, wenn ich bei Fräulein Müller bin, muß ich anzügliche Bemerkungen hören, bald über mein Haar, dann über meine Kleidung, ja, einmal hat sie sich sogar herausgenommen, mir zu sagen, daß du mich verziehst, Großmama.«
»Da hat sie vollkommen recht«, stimmte Frau Ilse lachend zu. »Du wirst mitgehen, Irma, schon um deinen Kusinen den Weg zu zeigen.«
»Ja«, flüsterte Agnes, »komm nur mit! Nachher lachen wir zusammen über die ›old maid‹.«
Das Haus wurde gemietet, und während des ganzen übrigen Nachmittags und Abends stellten die Mädchen lange Listen von allem auf, was sie zur Einrichtung brauchten, denn sie wollten so bald wie möglich mit ihren Einkäufen beginnen.

Pastor Adolf Müller war ungefähr sechs Jahre nach der Vermählung seines Sohnes mit Marianne Gontrau und ihrer beider Abreise nach San Franzisko gestorben. Rosi und ihre einzige Tochter Elisabeth hatten das freundliche Pfarrhaus verlassen müssen und waren nach einem anderen Stadtteil übersiedelt. Dort hatten sie eine Wohnung ganz nach ihrem Geschmack gefunden, ein düsteres, ziemlich großes Haus mit zwei

Stockwerken, einem langen Flur und einer Küche. Die dunkel tapezierten Zimmer wurden mit schweren, massiven Mahagonimöbeln ausgestattet. Rosi liebte helle Farben und neumodisches Mobiliar nicht, und Elisabeth teilte ihren Geschmack. Die Schränke, Tische und Stühle waren so glänzend poliert, daß ein Spiegel überflüssig schien, obgleich ein solcher in schwarzem Rahmen über dem Kamin hing. Nirgends war ein Stäubchen zu entdecken, und alles stand fein säuberlich in Reih und Glied an der Wand, denn Rosi ärgerte sich über die verrückte Sitte, im Salon alles bunt durcheinander zu stellen. Die Kissen und gepolsterten Sitze der Sessel und Sofas waren mit riesigen Überzügen bedeckt, denn die beiden Damen, die wenig ausgingen, die sich außer in der Kirche nirgends zeigten und selten Besuch bei sich sahen, beschäftigten sich vorzugsweise mit Handarbeiten. Durch die Heirat der Kinder wurde der Umgang mit der Familie Gontrau aufrechterhalten, da aber auf beiden Seiten keine große Sympathie herrschte, nahm der Verkehr im Laufe der Jahre nicht zu. Rosi billigte es nicht, daß Ilses älteste Tochter Ruth einen Künstler geheiratet hatte, daß sie selbst Konzerte gab und viel mit Künstlern, ja sogar mit Schauspielern verkehrte. Leo und Ilse ertrugen Rosis starre Ansichten um der Kinder willen, hüteten sich aber vor einem engeren Umgang.

Diese Umgebung war sicher nicht geeignet, um aus Elisabeth, die an sich schon ein steifes, zurückhaltendes Wesen besaß, ein fröhliches, liebenswürdiges Menschenkind zu machen. In ihrer Jugend hatte sie unter dem Druck gelebt, der seit Fritzens Flucht aus dem Elternhaus jahrelang auf Rosi und Adolf lastete. Als später alles zum Guten ausschlug und Fritz als ein tüchtiger, vermögender Selfmademan aus der Fremde heimkehrte, galt alle Liebe, alle Aufmerksamkeiten ihm, und die bescheidene Elisabeth, die sich stets bemüht hatte, ihrer Mutter in strengster Pflichterfüllung nachzueifern, war ganz in den Hintergrund getreten. Der Pastor sah das wohl, er hatte aber nie viel zu sagen gehabt. Er bemühte sich, seiner Frau klarzumachen, daß sie Elisabeth in die Gesellschaft einführen müßten, damit das Mädchen seine Jugend genießen könne. Rosi aber war der Meinung, je stiller und unbeachteter ein junges Mädchen seinen Weg gehe, desto besser. Ein ernster Mann wisse es zu schätzen, wenn er ein Mädchen heirate, das unbekannt und unbesprochen durch die Welt ging und dessen Tugenden nur im eigenen Hause zur vollen Geltung kamen. Trotzdem erhielt Elisabeth nie einen Heiratsantrag. Anfangs war sie darüber unglücklich und beneidete ihre in dieser Hinsicht bevorzugten Freundinnen.

Als die Jahre vergingen und die Heiratsaussichten immer mehr schwanden, wurde sie verbittert. Nachdem der Vater gestorben war und sie mit der Mutter die düstere, kasernenartige Wohnung bezogen hatte, ergingen sich beide in lieblosen Gedanken und scharfen Äußerungen. Die eine verurteilte die Mütter, die alles daransetzten, ihren Töchtern einen Mann zu kapern, und die andre brach den Stab über die Mädchen, die den jungen Leuten nachliefen und dadurch ein Schandfleck ihres Geschlechtes wurden.

Solange die Mutter lebte, die mit ihr fühlte und für die sie sorgen konnte, verknöcherte Elisabeth noch nicht ganz, aber als sie nach dem Tod der Mutter allein in der Welt stand, wurde sie die unangenehme, bissige alte Jungfer, die sich für nichts interessierte als für Sauberkeit und Ordnung in ihrem Haushalt, für einige Wohltätigkeitsbestrebungen, die mit echter Menschenliebe und Selbstverleugnung wenig zu tun hatten, für ihre Sammlung von Häkelmustern und für die Gesundheit ihrer Katze, ihres Kanarienvogels und

ihres Hundes. Sie wurde geizig, mißtrauisch und klatschhaft; die Leute mieden und verlachten sie. Nur wenige fühlten Mitleid mit ihr und sahen ein, daß sie wohl eine verrückte alte Jungfer, aber doch eigentlich ein beklagenswertes Geschöpf war, verdorben durch Erziehung und häusliche Verhältnisse.
Ilse Gontrau, die selbst viel gelitten hatte, erst durch Nellies Tod und dann vor allem durch den Verlust ihres geliebten Leo, urteilte milder und konnte es nicht leiden, wenn Elisabeth Müller von allen, besonders von den Männern und dem jungen Volk, verspottet und lächerlich gemacht wurde. Sie sah in ihr eine arme Verlassene, an der das Glück mitleidlos vorübergegangen war. Wenn Ilse auch zugeben mußte, daß der Gegenstand ihres Mitleids höchst unsympathisch war, wenn sie auch für ihre guten Absichten stets unangenehme Redensarten zu hören bekam, sie blieb fest in ihren Bemühungen und gab sich daher auch erst zufrieden, als sich die Mädchen am nächsten Morgen mit Karl auf den Weg zu Tante Elisabeth machten.
»Brr!« sagte der kleine Junge, »was für eine Straße! Das ist ja fast zum Gruseln!«
»Dort wohnt die Tante, in dem Haus mit den grünen Rolläden«, belehrte Irma.
»Nicht verlockend«, meinte Maud. »Warum steht bei dem herrlichen Wetter nirgends ein Fenster offen?«
»Damit kein Staub hineinkommt.«
Sie zogen die Klingel und mußten lange warten. Endlich öffnete sich die Tür, und ein bejahrtes Dienstmädchen mit saurer Miene, in einem dunkelblauen Wollkleid mit kurzen Ärmeln und einer großen Leinenschürze, erschien.
»Ist Fräulein Müller zu Hause?« fragte Irma.
»Ja«, lautete die Antwort, mit einem keineswegs freundlichen Blick auf die junge Gesellschaft.

»Nun, dann können wir wohl eintreten.«
»Nicht so rasch, bitte! Ich weiß doch nicht, ob das Fräulein empfangen will.«
»Dann fragen Sie! Aber so lange brauchen wir doch nicht hier auf der Matte zu stehen.«
»Wen soll ich melden?«
»Mich kennen Sie doch, ich bin Irma. Und dann sagen Sie, daß die Nichten und der Neffe aus Amerika da sind!«
»So?« erwiderte das Mädchen mit einem mißtrauischen Blick auf die Fremdlinge. »Treten Sie nur ein! Aber bitte die Füße gut abzuputzen!«
»Ach was, die Straße ist knochentrocken!« murmelte Irma, während sie den Kusinen und Karl in den Salon voranging.
»Wart nur, Kind, das ist erst das Vorspiel, die Tante ist noch ganz anders! Aber findet ihr es hier nicht außerordentlich gemütlich?«
Maud und Karl prusteten los, während Agnes sich neugierig umschaute.
Es war ein großer Raum, aber er roch dumpf und feucht, als ob er lange nicht gelüftet worden wäre. Vor dem hohen, breiten Fenster, das auf den Hof hinausging, hingen schwere, dunkle Vorhänge. Dunkel waren auch Tapeten und Möbel, die wie Soldaten in Reih und Glied an den Wänden standen. Das goldene Sonnenlicht, die fröhlichen Farben der ersten hellen Sommertage waren sorgfältig ausgesperrt; hier schien alles düster, winterlich feucht und bedrückend.
Maud, Karl und Irma hatten jedes auf der Kante eines Stuhles Platz genommen, ohne den Mut zu finden, ihn auch nur ein wenig von der Wand zu rücken.
Niemand kam.
»Brr!« machte Irma, »hier bekommt man fast Lust, etwas ganz Tolles anzustellen, wenn sich die Gelegenheit dazu bietet.«

»Weißt du, was hier das Hübscheste ist?« fragte Agnes, mit dem Fuß über den Boden gleitend.
»Nun?«
»Der Boden; das schönste Parkett kann nicht besser sein.«
In der Tat war der Linoleumbelag so glatt, daß man bei jedem Schritt in Gefahr geriet, zu fallen.
»Herrlich zum Tanzen!« rief Irma, und plötzlich sprang sie auf, umfaßte Agnes und walzte mit ihr durch das Zimmer.
»Halt, das dürft ihr nicht!« rief Maud erschrocken.
Die beiden aber hörten nicht, und Karl, von ihnen angesteckt, wurde nun auch ausgelassen, fing an, mit den Fäusten auf dem Tisch zu trommeln und mit lauter Stimme zu singen:

»Come, boys, push along
And let us all be gay!«

»Mein Gott, was geht hier vor?« ertönte plötzlich eine angsterfüllte Stimme. Die Tür wurde geöffnet, und Tante Elisabeth, durch den Lärm in ihrem sonst so stillen Haus zu Tode erschreckt, schaute herein, gefolgt von der nicht minder entsetzten Grete.
»Das sind keine Amerikaner, gnädiges Fräulein«, rief Grete, »das sind ja Wilde. Der Junge wird noch das Haus einreißen.«
Die Mädchen ließen einander los, und lachend wandte Irma sich dem alten Fräulein zu. »Seien Sie nicht böse, Fräulein Müller! Wir machten ein Tänzchen, um uns die Zeit zu vertreiben, da Sie sich gar nicht sehen ließen. Dies sind Ihre Nichten Maud und Agnes, und der Bengel da ist Karl.«
»Vorgestern sind wir angekommen, liebe Tante«, sagte Maud freundlich, »und wir hoffen, daß du froh bist, uns zu sehen.«

»Seid willkommen, ihr Mädchen!« entgegnete die Tante und gab jedem einen Kuß. Karl reichte sie die Hand; vor dem Knaben mit seinem Schelmengesicht und den übermütig blitzenden Augen hatte sie buchstäblich Furcht. »Aber ich muß doch sagen, daß ihr eine sonderbare Art habt, Besuche zu machen. Ist das so Sitte in Amerika?«

»Nein, Tante«, erwiderte Agnes lachend. »Daran ist nur dein gebohnerter Fußboden schuld; so köstlich glatt, das verlockt einen unwiderstehlich zum Tanzen. Wenn du das Zimmer ausräumst, kannst du im Winter eine herrliche Tanzgesellschaft geben.«

»So, die geb' ich aber nicht«, klang es ziemlich gereizt zurück.

»Grete, sieh mal nach, ob keine zu argen Schrammen im Boden sind, und reib auch den Tisch ab! Der Junge hat mit seinen warmen Händen Flecken darauf gemacht.«

Eine unbehagliche Stille entstand. Maud fühlte sich durch diesen mehr als unfreundlichen Empfang beleidigt. Irma und Agnes traten sich unter dem Tisch auf die Füße und wechselten vielsagende Blicke. Karl aber, dem es sofort klar wurde, daß er seine Tante nicht ausstehen könne, sann auf einen neuen Streich, mit dem er sie ärgern wollte.

Tante Elisabeth betrachtete ihre Nichten neugierig und eingehend. Die Mädchen mißfielen ihr dank ihrer einfachen Kleidung nicht: diese war ihr lieber als Irmas Anzug, der immer höchst elegant und nach der neuesten Mode war.

»Ihr habt nette Kostüme an«, stellte Tante Elisabeth fest. »Geht ihr immer so dunkel und einfach gekleidet?«

Maud biß sich auf die Lippen; dieses unhöfliche Ausfragen ärgerte sie. Agnes aber versetzte lachend. »O nein, das sind unsere Reisekleider! Es ist bequem,

wenn diese ganz einfach sind. Aber bei feierlichen Gelegenheiten halten die amerikanischen Frauen und Mädchen viel auf ihr Äußeres. Wenn wir wiederkommen, wirst du uns in großer Gala sehen, Tante.«
»Das ist nicht nötig«, erwiderte Fräulein Müller steif. »Ich gebe nichts darauf; ich halte nur auf Einfachheit und Tüchtigkeit. Doch nun erzählt mir, wie es euren Eltern geht und wann sie hier eintreffen!«
Die Mädchen berichteten dies und das von der Reise, von Paris und ihren Plänen, wie sie das Haus, das sie hier gemietet hatten, einrichten wollten.
Das berührte Tante Elisabeth unangenehm. Ihr kaltes Gesicht mit den regelmäßigen Zügen und dem tadellos gescheitelten, noch dunklen Haar wurde immer länger. Es mißfiel ihr nämlich im höchsten Grade, daß so junge Mädchen allein aus einem andern Erdteil – und gar noch über Frankreich! – reisten und das für das Natürlichste und Einfachste von der Welt hielten. Sie selbst war in ihrem Leben nie über einige Meilen im Umkreis ihres Geburtsortes hinausgekommen, und sie verurteilte jeden, der ihren engstirnigen Ansichten nicht beipflichtete. Diese Kinder hatten sicher die Abenteuerlust von ihrem Bruder Fritz geerbt, der auch mit fünfzehn Jahren aus dem Elternhaus weggelaufen war, weil er sich der heiligen Zucht und Ordnung nicht hatte fügen wollen, die dort dank dem strengen Regiment ihrer Mutter herrschte. Als sie im Lauf der Unterhaltung merkte, daß die Mädchen von ihren Eltern nicht mehr als Kinder, sondern als gleichberechtigte erwachsene Menschen behandelt wurden, fing sie an, mit der Neugierde einer unverbesserlichen alten Jungfer allerhand ungehörige Fragen zu stellen: wieviel Miete sie für das Haus zahlten, wie groß das Einkommen ihres Vaters sei, wieviel Taschengeld sie erhielten, ob ihr Vater hier ebenso gut leben könne wie in Amerika und so weiter.

Irma ergötzte sich sichtlich an der Art, wie Maud und Agnes, ohne unhöflich zu sein, mit großem Takt auf all diese Fragen ausweichende Antworten gaben, und Tante Elisabeth mußte zu ihrem Ärger erfahren, daß sie keine kleinen Kinder vor sich hatte, die sie nach Herzenslust ausforschen konnte, sondern zwei kluge, verständige Mädchen, die nicht mehr sagten, als sie für richtig hielten.
»Tante«, ließ Karl sich plötzlich vernehmen, »darf das Fenster nicht geöffnet werden?«
»Wozu, mein Junge?«
»Ich finde, daß es hier so abscheulich riecht.«
Tante Elisabeth wurde rot. »Du kannst deine Bemerkungen für dich behalten, lieber Neffe«, sagte sie giftig. »Das Fenster bleibt geschlossen. Ich habe keine Lust, mich dir zuliebe zu erkälten.« Wieder setzte sie ihre Unterhaltung mit Maud fort.
Karl sah nach Irma hin, die ihm lächelnd zunickte.
»Tante«, fing er von neuem an.
»Was, kleiner Kerl?«
»Ich habe solchen Durst. Hast du nicht ein Glas Limonade oder Obst für uns?«
»Ein gut erzogenes Kind fordert nicht, sondern wartet, bis ihm etwas angeboten wird«, entgegnete die Tante streng. »Sind alle Kinder in Amerika so ungesittet und schlecht erzogen wie dieser Junge, Maud?«
Aber nun war's mit Mauds Selbstbeherrschung vorbei. »Nein, Tante«, versetzte sie scharf. »Bei uns sind die Kinder, gerade wie Karl, sehr gut und gesittet erzogen, und die Leute sind gastfrei und freundlich, so daß sie sich wundern, wenn sie bei andern das gerade Gegenteil sehen.«
Noch nie hatte Irma Maud so nett gefunden wie in diesem Augenblick. Agnes und Karl freuten sich diebisch. Tante Elisabeth wurde dunkelrot. Am liebsten hätte sie den frechen Kindern die Tür gewiesen, aber

bei reiflicher Überlegung hielt sie es doch für besser, so zu tun, als hätte sie die Anspielung nicht verstanden. Mit sauersüßer Miene sagte sie daher zu ihrem Neffen: »Du möchtest also ein Stück Kuchen haben, mein Jungchen?«

»Davon hab' ich nichts gesagt!« verteidigte sich Karl, doch auf einen Wink von Maud schwieg er.

Die Tante schloß ein Fach des schweren Mahagonibüfetts mit schwarzer Marmorplatte auf und holte eine Blechbüchse heraus. Sie bot den Mädchen an, die dankend ablehnten. Der kleine Junge zog ein Gesicht beim Anblick der altbackenen, trockenen Stückchen Sandkuchen, aber probieren wollte er sie doch.

»Willst du noch eins?« fragte die Tante.

»Nein, danke! Es ist eine Kunst, das hinunterzuwürgen, ohne etwas dazu zu trinken.«

»Wir müssen gehen«, nahm Maud rasch das Wort, bevor Fräulein Müller zu antworten vermochte. »Großmama wird nicht wissen, wo wir geblieben sind.«

Ein steifer Abschied folgte. Im Gang jagte Karl der Tante noch einen Todesschreck ein, indem er Miez anzischte, die um die Tür guckte, beim Anblick der Fremden aber scheu zurückhuschte. Doch lief die Geschichte ohne weiteres Unglück ab.

»Was für ein Drachen!« rief Agnes entrüstet, als sie auf der Straße waren. »Nie wieder gehe ich zu ihr.«

»Das werden wir doch wohl müssen«, seufzte Maud. »Sie ist Papas einzige Schwester, aber glücklicherweise mag er sie auch nicht.«

Ilse machte ein ärgerliches Gesicht, als die Mädchen ihr erregt ihre Erlebnisse bei Tante Elisabeth schilderten. Sie versuchte zu beschwichtigen und behauptete, die Kinder übertrieben, aber Onkel Heinz, der auch bei Gontraus speiste, lachte laut und rief: »Unsinn, die Kinder haben recht; die Müller ist eine unausstehliche alte Jungfer. Ihr Mädchen, heiratet um Himmels willen, denn nun seht ihr, was aus dem Frauenzimmer wird, das keinen Mann kriegt!«

»Aber Herr Professor!« wandte Ilse ein. »Was setzen Sie da wieder den Kindern für dummes Zeug in den Kopf? Als ob eine unverheiratete Frau nicht auch ein nützliches Glied der Gesellschaft sein könnte! Die Ehe erhöht nicht ihren Wert, das kann einzig und allein ihre Persönlichkeit tun.«

»Unsinn!« brummte der alte Herr. »Eine alte Jungfer ist ein Unding, das entspricht nicht der Bestimmung einer Frau.«

»Und ein alter Junggeselle, Onkelchen?« fragte Agnes schalkhaft, beide Hände um seinen Arm schlingend.

»Der ebensowenig, mein Kind, aber der verdient wenigstens dein ganzes Mitleid.«

»Was für eine Logik! Daß du nicht geheiratet hast, ist doch deine eigene Schuld, während Tante Elisabeth wahrscheinlich nichts dafür kann. Vielleicht hat nie jemand um sie geworben.«

»Doch, sie kann dafür«, behauptete Onkel Heinz, dem das Widersprechen noch immer ein Bedürfnis war. »Solch unangenehme Geschöpfe wie sie kommen schon als alte Jungfern auf die Welt. Ich rate euch noch einmal, Kinder, hütet euch davor! Macht, daß ihr heiratet, damit man euch nicht in einen Topf werfen kann mit solchen Weibsbildern!«

»Ich will nicht hören, daß Sie so zu meinen Enkelinnen reden!« rief Ilse, ehrlich entrüstet. »Ich sage euch im Gegenteil, ihr Mädchen, heiratet nicht, außer wenn ihr das Glück habt, den Mann zu finden, den ihr von ganzer Seele und mit ganzem Herzen zu lieben imstande seid! Eine alte Jungfer braucht durchaus kein lächerliches Wesen zu sein. Ich kenne viele, die geradeso hoch stehen als so manche verheiratete Frau. Das müssen doch auch Sie zugeben, Professor, wenn Sie gerecht sein wollen.«

»Ach was«, nahm Onkel Heinz das Wort, der, als er sah, wie ernst seine alte Freundin die Geschichte nahm, wieder einlenken wollte, »Sie haben mich nur nicht verstanden, Frau Ilse!«
»Ich meine, Sie waren deutlich genug.«
»Es ist doch ein Unterschied zwischen einer alten Jungfer und einer unverheirateten Dame. Und jetzt wollen wir zu Tisch gehen! Von so einer unfruchtbaren Auseinandersetzung werde ich immer hungrig.

Nun folgte eine geschäftige Zeit. Jeden Tag hatten die Mädchen Einkäufe zu machen. Tischler, Installateure, Tapezierer, Maler und Zimmerleute schafften um die Wette. Es wurde gut und eifrig gearbeitet, und ehe vier Wochen vergangen waren, sah das Haus, in dem die Familie Müller aus Amerika wohnen sollte, schon recht hübsch und einladend aus. Die Mädchen richteten alles nach eigenem Geschmack ein. Die Eltern hatten nur im allgemeinen angegeben, wie jedes Zimmer möbliert und ausgestattet werden sollte.
Anfangs fanden es Großmutter Ilse und Irma ziemlich ungemütlich. Die Möbel waren zierlich, aber höchst einfach in Form und Stil, die Stühle meist mit Sitzen von feinem Flechtwerk. Wenig Zierat, alles konnte bequem umgestellt und gesäubert werden. Nirgends Türvorhänge oder Übergardinen, die, wie die Mädchen behaupteten, nur Staubfänger bildeten. In allen Zimmern und Gängen gab es elektrische Beleuchtung. In der Küche war ein Aufzug, um das Essen nach oben zu befördern, und Hähne für kaltes und heißes Wasser befanden sich in sämtlichen Schlafzimmern. Alles war praktisch und bequem.
Tante Elisabeth mißbilligte alle diese Neuerungen und jammerte über die Unsummen, welche die modernen Einrichtungen verschlangen. Sie tadelte ihre Nichten, daß sie mit jugendlicher Unbesonnenheit zu Werke

gegangen seien, und meinte, ihr Bruder könne trotz seiner Vorliebe für amerikanische Verhältnisse solche Tollheiten unmöglich gutheißen. Aber Maud brachte sie dadurch zum Schweigen, daß sie ihr erwiderte, es sei alles ganz genau nach den Anordnungen ihrer Eltern eingerichtet.

Die Tante begnügte sich nun damit, mißbilligend den Kopf zu schütteln und daheim der alten Grete ihr Leid zu klagen und gegen die neumodischen Leute zu sticheln, die in ihren Häusern alles durch Maschinen verrichten ließen und sich durch alle möglichen Bequemlichkeiten über die Maßen verwöhnten.

Als das Haus fertig war und sich auch der Garten mit seinen breiten Kiespfaden und dem Tennisplatz im Hintergrund in schönster Ordnung befand, mußten Ilse und Irma doch gestehen, daß es sehr nett aussah, wenn sie es zuerst auch ein wenig kalt und nüchtern gefunden hatten. Sämtliche Zimmer waren geräumig und hell, während das gar zu grelle Sonnenlicht durch Leinenvorhänge gedämpft werden konnte. Von allen Seiten drang frische Luft herein, wo es aber nötig war, gab es Doppelfenster gegen den Zug. Nirgends fand sich etwas Überflüssiges, nirgends gab es einen Mangel an Nötigem und Nützlichem; überall herrschte auch eine harmonische Übereinstimmung der Farben, die dem Auge wohltat.

Herr und Frau Müller befanden sich schon seit einiger Zeit auf der Heimreise und konnten in etwa acht Tagen eintreffen. Kurz zuvor kamen auch Irmas Eltern und Gustav, um die Verwandten aus Amerika willkommen zu heißen. Maud und Agnes waren entzückt von ihrer Tante Ruth und deren Mann. Am Tag nach ihrer Ankunft gaben sie im Familienkreis ein Konzert, bei dem auch Onkel Heinz nicht fehlte. Er war immer glücklich, wenn Ruth im Hause ihrer Mutter als Gast weilte; seine Zuneigung zu ihr war stets die gleiche,

und auch ihren Gatten verehrte er als großen Künstler.
Ruth war eine sittliche, schöne Frau in der Blüte ihres Lebens. Sie glich sehr der Mutter in deren jüngeren Jahren, ehe Schmerz und Kummer ihren Zügen einen sanften, wehmütigen Ausdruck verliehen hatten. Ihr Name als Sängerin war auch im Ausland rühmlich bekannt; überall erregte sie mit ihrer schönen, in vorzüglicher Schule gebildeten Stimme und ihrem warmen Vortrag Aufsehen. Ihr Gatte, ein großer Geigenkünstler, war ihr in den ersten Jahren ihrer Ehe ein guter Lehrmeister gewesen. Wo sich das geniale Paar zeigte, wurde es mit Jubel empfangen. Auch Gustav fing an, sich als Klavierspieler einen Namen zu machen. Er war ein stiller, junger Mensch mit den verträumten Augen seines Vaters. Er freute sich, die Kusinen aus Amerika kennenzulernen, aber die heitere, schalkhafte Agnes setzte ihn oft in Verlegenheit. Er ging ihr wie auch Irma aus dem Weg, die zwar große Stücke auf ihn hielt, ihn aber häufig mit seinem linkischen Wesen und seiner Schüchternheit jungen Damen gegenüber neckte. Er fühlte sich mehr zu Maud hingezogen, die ruhig und ernst mit ihm sprach, ihn nach seinen Studien fragte und sich nicht allein als Musikfreundin und -kennerin, sondern auch als musikalisch gebildet zeigte. Die Mädchen waren begeistert, wenn Tante Ruth, Onkel Heinrich und Gustav im Familienkreis musizierten, hier vielleicht mit noch mehr Liebe und Hingabe als vor einem großen Publikum. Für die Künstlerfamilie war es eine Erquickung, ein wahres Aufatmen, einmal einige Wochen im Elternhaus zu weilen und gleichzeitig die Mutter und Onkel Heinz durch ihr Spiel und ihren Gesang zu beglücken.
»Ich bin ganz verliebt in Tante Ruth«, erklärte Maud, als sich die drei Mädchen im Schlafzimmer der Kusinen noch über den Abend unterhielten.

Agnes blickte sie verwundert an, denn Maud war eine sehr ruhige Natur, die nicht leicht in Entzücken geriet. »Ja«, fuhr sie erregt fort, »nicht nur, weil sie eine so schöne Stimme hat, sondern auch, weil sie durch und durch schlicht und einfach ist. Und doch hat sie etwas Vornehmes, gerade wie Großmama: every inch a lady.«
»Wenn dir das jetzt schon auffällt, dann sollst du Mama erst in Konzerttoilette sehen!« meinte Irma. »Früher trug sie immer Weiß, jetzt meist schwarzen oder dunklen Samt. Ich sage dir, sie sieht dann aus wie eine Fürstin!«
»Du mußt eigentlich sehr stolz sein, Irma, die Tochter von so genialen Eltern zu sein. Dein Bruder ist auch sehr talentiert«, sagte Maud. »Hast du selbst nie Musikstunden gehabt?«
»Doch, als ich klein war, bekam ich Klavierstunden. Wie konnte es anders sein in einer solchen Umgebung! Ich habe ein gutes Gehör und würde es wahrscheinlich zu etwas gebracht haben, wäre ich das Kind gewöhnlicher Eltern gewesen. Wirkliches Talent besaß ich nicht, und da erklärten Papa und Mama es für besser, wenn ich aufhörte. Dilettanten und Klimperer gebe es in der Musik gerade genug, meinten sie.«
»Hast du dich nie unglücklich gefühlt«, fragte Maud sanft, »daß du in dieser Hinsicht eigentlich zu kurz gekommen bist? Ich wenigstens würde mich von der Natur aus stiefmütterlich behandelt halten, wenn ich solche Eltern, einen solchen Bruder und selbst keine künstlerischen Anlagen besäße.«
»Ich nicht«, versetzte Irma lachend und betrachtete ihre schöne, schlanke Gestalt und ihr ebenmäßiges Gesicht und die goldblonden Locken mit Wohlgefallen im Spiegel.
»Du bist freilich sehr hübsch«, fuhr Maud ärgerlich über diese Eitelkeit fort, »doch Talent zu besitzen ist viel mehr wert.«

»Vielleicht. Aber drei Talente in einer Familie, das ist wirklich genug. Ich würde es als eine schwere Bürde ansehen, wenn ich noch ein viertes vorstellen müßte.«
Agnes lachte. »Was für ein närrisches kleines Mädchen du bist, Irma! Aber sie hat recht, Maud. Es braucht doch nicht jede Frau etwas Besonderes zu sein.«
»Das habe ich auch nicht behauptet; Irma beachtet nur zuwenig, daß jetzt von den Frauen etwas anderes verlangt wird als in früheren Zeiten.«
»Ach was!« sagte Irma. »Onkel Heinz würde sagen, die Hauptsache ist bei einer Frau zu allen Zeiten, daß sie anmutig, sanft und lieb ist.«
»Das läßt sich alles vereinigen«, versetzte Maud so ruhig, als hätte sie die Anspielung nicht verstanden. »Eine geistig hochstehende Frau kann schön, anmutig und lieb sein; das paßt sehr gut zusammen.«
»Dann gratuliere ich deinem John; der kriegt eine vollkommene Frau«, fuhr Irma gereizt fort, denn oft konnte sie Mauds etwas pedantische, überlegene Art nicht ausstehen.
Die Amerikanerin zuckte die Achseln, und Agnes flüsterte Irma zu: »Nun vergißt du ja Onkel Heinz' Behauptung, daß Liebsein immer noch das Anziehendste an einem jungen Mädchen sei.«
Schmollend verzog Irma ihren hübschen Mund, doch dann leuchtete es in ihren Zügen auf, und sie trat zu Maud: »Ich war unartig«, sagte sie, ihr die Hand reichend; »sei nur nicht böse!« Die großen Vergißmeinnichtaugen blickten unschuldig in das schmale, dunkle und doch hübsche Gesicht der andern.
Maud begriff nicht, warum ihr Tränen in die Augen traten; sie war doch sonst nicht so weichherzig. Plötzlich schlang sie die Arme um Irmas Hals und küßte sie. »Ich hab' dich gereizt«, flüsterte sie. »Ich glaube, ich möchte dich gar nicht anders haben, als du bist.«

Endlich brach der große Tag an, an dem Fritz und Marianne eintreffen sollten. Ilse konnte es kaum glauben. Einundzwanzig Jahre waren verflossen, seit die blonde Marianne ihrem Mann nach San Franzisko gefolgt war. Ihre Mutter stellte sie sich noch immer als das feine, zarte Mädchen vor, kaum dem Kindesalter entwachsen und nun kehrte sie heim als Frau und Mutter erwachsener Kinder von denen das älteste übers Jahr auch schon in die Ehe treten sollte.
Den Tag über herrschte große Geschäftigkeit. Schon frühmorgens hatte sich die ganze Familie zu dem neuen Haus begeben, wo Herr und Frau Müller empfangen werden sollten. Ein großes Festmahl wurde gerichtet. Maud gab mit gewohnter Ruhe und Sicherheit den neuen Dienstboten ihre Anweisungen. Tante Ruth, die sich schon als junges Mädchen nie mit dem Haushalt beschäftigt hatte und seit ihrer Verheiratung die ganze Sorge dafür andern überlassen mußte, schaute bewundernd zu, wie Maud in kurzer Zeit ohne Umstände allerlei Dinge beschaffte, wozu sie selbst Stunden gebraucht hätte. Großmutter Ilse war zu aufgeregt, um sich um irgend etwas zu kümmern. Sie, die jetzt meist gleichmäßig ruhig blieb, wanderte ratlos hin und her. Sie lief durch sämtliche Räume, fragte Maud und Agnes hundertmal, ob auch alles in Ordnung sei, und zählte die Stunden, die halben Stunden, zuletzt die Minuten, die noch vergehn mußten, ehe die Erwarteten eintreffen konnten. Im Garten waren Irma, Agnes und Karl beschäftigt, Lampions und kleine Fähnchen zwischen den Bäumen anzubringen und die letzte Hand an eine Ehrenpforte zu legen, die sie mit Hilfe von Gärtner und Zimmermann errichtet hatten. Sogar der stets so stille und zurückhaltende Gustav, der sich, den Kopf voller Melodien, am glücklichsten fühlte, wenn er allein am Flügel in Großmutters Salon bleiben konnte, beteiligte sich an der allge-

meinen Geschäftigkeit, stand auf einer Leiter und befestigte zwischen dem dunklen Tannengrün rote und weiße Rosen und bunte Gladiolen.

Ilse hatte an Tante Elisabeth geschrieben und sie gebeten, auch zu kommen. Die Kinder erhoben Einspruch dagegen, und Onkel Heinz behauptete, die alte Essigpflaume werde das ganze Fest und die Freude des Wiedersehens stören. Aber Frau Gontrau blieb fest. Die einzige Schwester von Fritz und die rechte Tante der Kinder gehöre zu ihnen, und es sei nicht mehr als recht und billig, sie einzuladen. Ein allgemeiner Jubel brach los, als eine Absage von der alten Dame kam. Sie schrieb ein sauersüßes Briefchen, in dem zwischen den Zeilen zu lesen stand, daß der Hauptgrund ihr Ärger über die Mädchen war, die, ohne sie um Rat zu fragen, das Haus eingerichtet hatten und viel zu beschäftigt gewesen waren, um den Besuch bei der Tante zu wiederholen. Sie wolle die Freude des ersten Beisammenseins nicht stören. Sie begreife, daß man lieber unter sich sein möchte, und ziehe es vor, später zu kommen, wenn man für sie einmal einen Augenblick Zeit habe. Sogar Ilse war nahe daran, böse auf dieses Geschöpf zu werden, das sich stets zurückgesetzt fühlte und in seiner Unzufriedenheit und Böswilligkeit die besten Absichten falsch auslegte.

Es war bestimmt, daß die Kinder zur Bahn gehen sollten. Ilse wollte Schwiegersohn und Tochter in Gesellschaft Ruths, ihres Mannes und Onkel Heinz' im Hause erwarten. Den Onkel rechneten alle so ganz zur Familie, daß er nicht fehlen durfte. Mit seiner gewohnten Heftigkeit hatte er sich zuerst dagegen gewehrt. So ein alter Griesgram gehöre bei einer solchen Gelegenheit nicht dazu; es gehe ihn gar nichts an, wenn Sohn und Tochter nach langer Abwesenheit zum erstenmal die Mutter wiedersähen. Als die Kinder kamen, sei es etwas anderes gewesen, jetzt aber

müßte er sich schämen, wenn er wieder so unbescheiden wäre, seine Nase mit hineinzustecken.
»Unsinn, Onkel Heinz!« erklärte Ilse. »Mariannes erste Frage würde Ihnen gelten. Und«, fügte sie leise, nur ihm verständlich hinzu, »da Leo nicht mehr lebt, müssen Sie an seiner Stelle sein Kind willkommen heißen, das wissen Sie wohl.«
Da drückte der Professor seiner alten Freundin dankbar die Hand; die Augen wurden ihm feucht. Um das nicht merken zu lassen, schrie er Karl an, daß die Transparentbuchstaben des »Willkommen«, die über der Ehrenpforte prangten, schief ständen und daß doch nie etwas ordentlich gemacht werde, wenn er sich nicht darum kümmere.

Endlich hielt Ilse ihre blonde Marianne in den Armen, und in ihre Tränen mischten sich Freude über das Wiedersehen und Trauer im Gedanken an den Heimgegangenen.
Nachdem die erste Rührung vorüber war, machte Onkel Fritz fröhliche Bekanntschaft mit seinem Schwager Holten, seinem Neffen Gustav und seinem Nichtchen Irma und frischte sofort mit Onkel Heinz alte Erinnerungen auf. Die ganze Gesellschaft schritt paarweise durch sämtliche Räume des neuen Hauses, betrachtete und bewunderte alles und vereinigte sich in fröhlicher Stimmung zur Abendmahlzeit. Beim Nachtisch stiegen im Garten Leuchtraketen in die Höhe, und zwischen den dunklen Bäumen glänzten Lampions. Professor Fuchs hielt die schwungvollste, wärmste Tischrede, die je über seine Lippen gekommen war, und an diesem Abend gab es in der ganzen Stadt keine glücklicheren Menschen als Großmutter Ilse Gontrau mit ihren Kindern und Enkeln.
Während der ersten Wochen, die auf die Heimkehr der amerikanischen Familie folgten, herrschte in dem

sonst so stillen Haushalt von Frau Gontrau fröhliches Leben und Treiben. Sie bestand darauf, ihre Kinder und Enkelkinder alle Tage zu sehen, und so wurde eine Menge kleiner Familienfeste gefeiert. Zuweilen nahm auch Tante Elisabeth daran teil, aber sie hatte viel zu tadeln und zu nörgeln. Es war schwer, mit ihr umzugehen, und ohne Zureden der Großmutter, die Mitleid mit ihr hatte und stets bemüht war, Tante Elisabeth freundlicher zu stimmten, hätten sich die andern wenig um sie gekümmert.
Ein herrlicher Sommertag folgte dem andern, und Holtens fingen an, von der Abreise zu reden. Die Zeit, die sie ihrer Familie widmen konnten, näherte sich dem Ende, und sie mußten nach München, wo sie sich für verschiedene Konzerte verpflichtet hatten.
Vor ihrem Scheiden wollte Großmama Gontrau noch gern ein Abschiedsfest geben, doch konnten sie sich nicht recht über dessen Art einigen. Irma schlug eine »gardenparty« vor. Im Garten sollten lange Tafeln aufgeschlagen, und auf dem großen Rasenplatz vor dem Haus sollte gespeist werden. Das Eßzimmer lasse sich leicht ausräumen und in einen Tanzsaal verwandeln. Der Garten müsse am Abend glänzend illuminiert werden. Sie war sogar für ein Kostümfest; welch herrliche Wirkung würde das im Grünen mit den Papierlaternen und tausend kleinen Lämpchen geben!
Die andern aber lachten sie gründlich aus. Onkel Heinz fragte, wo die Herren wohl herkommen sollten? Außer Gustav und dem kleinen Karl gab es keine jungen Leute. Er neckte sie so mit ihrem schönen Plan, daß sie sich erst beschämt zur Großmama setzte und dann ganz bös erklärte, Onkel Heinz solle etwas Besseres vorschlagen.
»Ich schlage vor, daß wir gar nichts unternehmen. Wir haben in der letzten Zeit nur Feste gefeiert und gut gegessen; nun könnten wir wohl Schluß machen.«

Gegen diese Meinung erhob sich jedoch ein wahrer Sturm der Entrüstung von seiten des jungen Volkes. Onkel Heinz wurde von den jungen Mädchen so in die Enge getrieben, daß er schließlich untertänig gelobte, an jeder Festlichkeit teilzunehmen, wie verrückt sie auch sein möchte.

»Hört einmal«, nahm Ilse das Wort, »ich habe einen Plan! Aber erst muß ich euch erzählen, daß ich gestern einen Brief von meiner Jugendfreundin Flora Werner erhielt. Ruth, Marianne, erinnert ihr euch noch an ihre beiden Töchter Thusnelda und Hildegard?«

»Ja, Mama«, versetzte Marianne. »Mir ist, Thusnelda habe sich verlobt, als Fritz und ich nach San Franzisko abreisten.«

»Du hast ganz recht, sie war damals mit einem Kaufmann verlobt, ist aber schon seit zwei Jahren Witwe. Auch der alte Herr Werner ist gestorben, und Flora lebt bei ihrer Tochter.«

»Und Hildegard?«

»Die ist in Indien. Thusnelda hat drei Kinder, ihr ältester Sohn ist Offizier, der zweite Ingenieur, bewirtschaftet aber gegenwärtig die ausgedehnten Landgüter, die sein Großvater hinterließ; dann ist noch eine Tochter da in deinem Alter, Agnes.«

»Aber was hat das alles mit unserem Fest zu schaffen, Großmama?«

»Wartet nur! Flora Werner schrieb mir, daß ihre beiden Enkel mit der Schwester einen Ausflug in unsere Gegend machen werden, und sie fragt an, ob unser Haus ihnen für einige Tage offenstehe. Da dachte ich, wenn ihr die beiden jungen Leute aufnehmen wolltet, und das Mädchen bei uns wohnte, dann könnten sie an unserem Fest teilnehmen.«

»Das ist ein guter Einfall, Mama«, meinte Marianne. Ihr Mann fing sofort an, Irma und Agnes mit der wundervollen Aussicht zu necken, einen Leutnant in ihrer Gesellschaft zu haben.

»Paßt nur auf«, spottete Onkel Heinz, »was geschieht, wenn er einer von euch besonders den Hof macht! Dann kratzt ihr euch gegenseitig die Augen aus.«

Nachdem wieder Ruhe eingetreten war, fuhr Großmama Ilse fort: »Ich würde es nur sehr nett finden, einen Ausflug aufs Land zu unternehmen. Wie wär's, wenn wir zum Beispiel zum Wasserfall fahren und dort im Wirtshaus speisen würden? Wir könnten morgens früh abfahren und spätabends heimkehren. Ich bin seit Jahren nicht dort gewesen, und die Aussicht, einen ganzen Tag in dieser wildromantischen Gegend zu verleben, lockt mich sehr.«

»Ja, ja, Frau Ilse, Sie haben solch abenteuerliche Unternehmungen immer geliebt«, scherzte der Professor. »Ich erinnere mich noch, daß Sie uns einmal im Mondschein auf den Schneekopf schleppten.«

»Das war in der guten alten Zeit«, entgegnete Frau Ilse gedankenvoll; »es war herrlich damals mit Leo und meiner lieben Nellie!«

Irma, Agnes und der kleine Karl waren über diesen köstlichen Plan in Jubel ausgebrochen. Auch Gustav und Maud fanden den Gedanken sehr hübsch, wenn sie auch ihren Beifall weniger lebhaft äußerten.

»Wir müssen in geschmückten Wagen fahren, Großmama«, schlug Irma vor, »lauter Landauer zu vier Personen.«

»Wie viele sind wir denn?« überlegte Agnes: »Großmama, Papa, Mama, Tante Ruth, Onkel Heinrich, wir fünf Kinder und die drei Gäste, das macht vierzehn Personen.«

»Und Tante Elisabeth?«

»Bitte, die nicht!« riefen die Kinder. »Wenn die mitkommt, geht alles schief. Du wirst sehen, dann haben wir schlechtes Wetter, und es geschieht ein Unglück.«

»Welcher Unsinn! Ihr braucht euch nicht um sie zu kümmern. Onkel Heinz wird bei dieser Gelegenheit ihr Kavalier sein, nicht wahr?«

»Besten Dank!« seufzte der Professor. »Das Frauenzimmer hat ein Gesicht, als ob sie beständig in eine Zitrone beißen würde; da kommen einem ja die Tränen in die Augen.«

Alle lachten, Frau Gontrau erklärte aber in entschiedenem Tone: »Ich veranstalte die Ausfahrt und habe daher das Recht, einzuladen, wen ich will. Tante Elisabeth kommt mit.«

Wenn Großmutter so bestimmt sprach, kam kein Widerspruch mehr auf. Ruth und Marianne gaben den Kindern einen Wink zu schweigen. Es wurde nicht mehr über Fräulein Müller gesprochen und alles, was auf den Ausflug Bezug hatte, weiter beraten.

Einige Tage darauf kamen die jungen Gäste an. Flora Werners ältester Enkel, Ludwig Reicher, war ein schneidiger Offizier. Sein hübsches Gesicht hatte einen angenehmen Ausdruck. Es zeigte sich jedoch bald, daß er nicht wenig von sich eingenommen war, und noch hatte Onkel Heinz keine Stunde in seiner Gesellschaft zugebracht, da nannte er ihn den jungen Mädchen gegenüber schon einen Affen in Uniform. Diese aber erwiderten, daß man es dem alten Brummbären nie recht machen könne, und erklärten den Leutnant einmütig für einen sehr netten Menschen.

Der zweite Bruder, Hans, war ganz anders. Kurz und breit von Gestalt, stach er gewaltig gegen den schlanken, zierlichen Leutnant ab. Sein gebräuntes Gesicht mit den grauen Augen, dem großen Mund und der gebogenen Nase war eher häßlich zu nennen; einem erfahrenen, scharfblickenden Auge aber erschien es viel intelligenter als das Antlitz des schönen Ludwig. Wenn dieser sprach, schwieg Hans meistens; er ließ sich von seinem Bruder völlig in den Schatten stellen, und in gewisser Hinsicht war ihm das sogar angenehm, denn er zeigte sich sehr verlegen und wurde zum großen Vergnügen der Mädchen, besonders der Amerikanerinnen, bis über die Ohren rot, wenn ihn jemand unverhofft anredete. Das war vor allem dann der Fall, wenn Irma die großen blauen Augen zu ihm aufschlug, und da das kleine, eitle Ding sofort merkte, daß ihn das in Verlegenheit setzte, macht sie ausgiebig Gebrauch davon, um hinterher mit Agnes herzlich über den »Bauern« zu lachen.

Die Jüngste, nach ihrer Großmutter Flora getauft, war eine einfache, liebliche Erscheinung mit blonden Zöpfen, auch wohl eine wenig schüchtern und verlegen, aber so sanft und gretchenhaft in ihrem ganzen Wesen, daß jeder sich gleich zu ihr hingezogen fühlte.

Das innige Einverständnis zwischen Frau Gontrau und ihren Kindern und Enkeln dehnte sich auf die Gäste aus, die sich bald wie zu Hause fühlten. Als der Tag des Ausflugs anbrach, ging der Leutnant mit den amerikanischen Mädchen schon recht kameradschaftlich um und flirtete lebhaft mit Agnes, was Irma ein klein wenig ärgerte. Hans wagte etwas schüchtern, Irma einige Schmeicheleien zu sagen, und Flora lauschte, Tränen in den Augen, dem Klavierspiel Gustavs, zu dem sie mit großer Bewunderung und Ehrerbietung aufblickte.

Karl fand an dem wichtigen Tag keine Ruhe. Schon ganz früh tobte er durch das Haus, lief von Zimmer zu Zimmer und klopfte an jede Tür, um seinen Eltern, seinen Schwestern und den beiden Reichers zuzurufen, daß das Wetter schön sei. Die Sonne strahlte hell und warm vom wolkenlosen Himmel herab, und es war ein solcher Überfluß von Duft, Licht und Farbenpracht in der Natur, daß jedes Herz freudig gestimmt wurde.

Als Fritz und Marianne mit ihren Kindern und den

beiden Gästen zu Frau Gontrau kamen, fanden sie die ganze Familie schon im Garten versammelt. Großmutter Ilse war, wie immer, schwarz gekleidet, aber mit einem so hübschen Hut auf dem krausen, schlohweißen Haar, daß Agnes, sie umarmend, erklärte, Großmama sei die schönste alte Dame, die sie kenne. Onkel Heinz bemühte sich nach Kräften, ein recht grimmiges Gesicht zu machen, schaute aber doch mit vor Lebenslust funkelnden Augen unter seinem breitrandigen Schlapphut auf all die fröhlichen Menschen. Tante Elisabeth, trotz der Hitze in einem braunwollenen Kleid, einen großen Regenschirm in der Hand, prophezeite, daß sich die Witterung ändern werde. Ruth und ihr Mann mit ihrem eigenartig künstlerischen und eleganten Äußern, durch das sie überall und jederzeit auffielen, lachten über ihre Befürchtungen. Gustav, der sich mit Flora etwas abseits hielt, erzählte dieser, wie schwer es ihm falle, einen ganzen Tag auf sein Klavierspiel zu verzichten. Irma sah so bezaubernd aus in einem weißen, duftigen Kleid mit hellblauem Muster, daß Hans gar nichts zu sagen wußte, während Ludwig sie bewundernd anschaute, so daß ihr eitles Herz vor Stolz schwoll.
Nun fuhren die zwei Wagen vor, die jetzt elegant und malerisch aussahen, so reich hatte das junge Volk sie mit Blumen- und Tannengewinden geschmückt.
Das war ein Leben! Großmutter Ilse und Tante Elisabeth wurden zuerst hineingehoben. Die Tante erkundigte sich mehrmals, ob die Pferde auch nicht wild seien, und versicherte, daß sie sich eigentlich gar nichts aus Spazierfahrten mache. Mit einem wahren Märtyrergesicht wollte Onkel Heinz zwischen den beiden Damen Platz nehmen, als Agnes und Ludwig erklärten, daß er zu den jungen Leuten gehöre.
»Ich? Seid ihr denn ganz verrückt?« rief er scheinbar wütend aus.

»Was wollt ihr mit so einem alten Querkopf?«
Irma warf ihm lachend einen in der Eile geflochtenen Kranz von Eichenblättern über den Hut und sagte: »Siehst du, Onkel, wenn wir nun noch einen Esel hätten, könntest du gut als Silen gehen. Wir Mädchen sind die Nymphen, die jungen Herren Faune, bis auf Hans, der hat die prächtigste Gestalt für Gott Bacchus selbst.«
Alle lachten. Hans wurde rot, überwand aber seine Verlegenheit und rief: »Wenn ich Bacchus vorstellen soll, hab' ich als Gott zu befehlen, und dann will ich mit Ihnen allein auf der vorderen Bank sitzen, Irma.«
»Bravo!« jubelte Ludwig, und unter allgemeinen Scherzen erkletterten die jungen Leuten den ersten Wagen. Professor Fuchs wurde in die Mitte genommen. Ruth und Marianne mit ihren Männern kamen natürlich zu Großmama und Tante Elisabeth. Auch Gustav zog es vor, bei den älteren Leuten zu sitzen, die lebhafte jugendliche Schar war ihm zu lärmend, und Floras Herz klopfte vor Freude, als er ihr erklärte, neben ihm sei noch ein Plätzchen für sie frei.
So rasch wie möglich ging es zur Stadt hinaus, um Aufsehen zu vermeiden. Dann mäßigte die Steigung der bergan führenden Landstraße die Schnelligkeit der Fahrt. Wurde der Weg zu steil, so stiegen die Kutscher ab und schritten, die Zügel in der Hand, neben den Wagen her. Manchmal gingen auch die jungen Leute ein Stück des Weges zu Fuß, und dann blieben nur die Damen mit Onkel Heinz sitzen, dem das ewige Aus- und Einsteigen zu mühsam war. Zu beiden Seiten der Straße dehnten sich dichte, endlose Wälder. Als etwa die Hälfte des Wegs zurückgelegt war, ersuchte der Kutscher des vorderen Wagens, ein dicker, gemütlicher Schwätzer, die ganze Gesellschaft, auszusteigen, um die weit und breit berühmte Aussicht zu bewundern.

»Ich rühre mich nicht vom Fleck«, erklärte Fräulein Müller. Die übrigen folgten gerne der Aufforderung und meinten, es tue nach dem langen Sitzen gut, die Beine etwas zu vertreten.
»Was habt ihr denn von so einer Aussicht? Es ist doch immer dasselbe, und eine ist genau wie die andre«, murrte das alte Fräulein.
Selbst Großmutter Ilse zuckte ungeduldig die Achseln, als sie sich am Arm ihres ältesten Schwiegersohnes auf den Felsvorsprung begab, um die herrliche Aussicht zu bewundern. Tief unten lag, wie ein ovaler Silberspiegel, ein kleiner See inmitten eines fruchtbaren Tales. Ab und zu ertönten die Glocken der Herden wie eine wohllautende, aus weiter Ferne herüberklingende Musik, und auf den umliegenden Bergen grasten friedlich schwarz und weiß gefleckte und rotscheckige Kühe. Soweit das Auge reichte, waren die Felsen mit Schlingpflanzen und Farnen überdeckt, zwischen denen schneeweiße und goldgelbe Blütendolden hervorschimmerten. Die Sonne strahlte vom wolkenlosen Himmel herab und tauchte die reiche, üppige Landschaft in lebendige Farben.
Die ausgelassene Heiterkeit verstummte, selbst laute Bewunderung hätte hier störend gewirkt. Ärgerlich schaute Gustav Irma an, als diese Hans scherzend fragte, ob er einen steilen Felsen in der Nähe erklettern und ihr die blauen und weißen Blumen pflücken wolle, die dort wuchsen.
»Seien Sie praktisch und stellen Sie im voraus Ihre Bedingungen, was Sie dafür haben wollen!« rief Maud lachend, während Hans mit zweifelnder Miene hinaufschaute und dann eingestand, daß ihm seine gesunden Gliedmaßen doch zu lieb seien, um sie bei einem solchen Wagestück aufs Spiel zu setzen.
Dadurch wurde der Zauber gebrochen. Ruth tippte ihrem Mann auf die Schulter, der träumerisch in die

Ferne blickte und wie aus tiefem Sinnen auffuhr, als er sah, daß die andern sich wieder zu den Wagen begaben.

Langsam ging die Fahrt nun wieder bergan, aber die jungen Leute wurden jetzt ungeduldig. Das einförmige Schrittfahren langweilte sie, sie sehnten sich danach, den Bestimmungsort zu erreichen. Endlich verengte sich die Fahrstraße, und einige große Holzgebäude wurden sichtbar. Das waren die Stallungen der Wirtschaft, die ungefähr noch eine Viertelstunde entfernt lag. Hier hatte die Fahrt ein Ende; es wurde ausgespannt, und die Gesellschaft machte sich zu Fuß auf den Weg.

In der Ferne hörte man schon das Rauschen des Wasserfalls, der das Wirtshaus und seine Lage berühmt gemacht hatte. Bald wurde der Pfad so schmal, daß nur einer hinter dem andern hergehen konnte. Der Professor erbot sich, den Zug anzuführen; er kannte den Weg und sagte, er sei gefährlich. Nun wollte Tante Elisabeth zurückbleiben. Sie sei zum Vergnügen mitgekommen und halte es für eine Sünde, sich Gefahren auszusetzen.

»Unsinn!« erklärte Frau Gontrau, »Onkel Heinz will uns nur necken. Gehen Sie hinter mir her, Elisabeth, und seien Sie nicht bange! Es ist nicht schwierig.«

Ängstlich, mit kleinen, vorsichtigen Schrittchen folgte die Tante. Sie hielt sich zu Karls größtem Vergnügen an Ilses Kleid fest, was der Junge gleich nachmachte, indem er die Tante bei den Röcken packte. Dieses Beispiel wirkte ansteckend; die jungen Leute faßten einander am Rock und so ging es im Gänsemarsch in Schlangenwindungen vorwärts. Immer schmäler wurde der Pfad; er führte durch eine tiefe Schlucht. Rechts und links erhoben sich hohe Felswände, von Tannen, Fichten und Buchen gekrönt und mit Moos bedeckt.

»Wie unheimlich!« meinte Fräulein Müller. »Karl, laß mich los! Du zerreißt mir mein Kleid. So laß doch los!«

»Wenn wir fallen, liegst du zuunterst, Tante«, schrie der Plagegeist mit lauter Stimme, um das Rauschen des Wasserfalls zu übertönen, das immer gewaltiger klang und bald in ein ohrenbetäubendes Brausen überging.

Plötzlich wurde der Weg breiter. Der Professor bog um eine Ecke und blieb auf einem großen Felsblock stehen. Die Nachkommenden verteilten sich und drängten sich auf engem Raum zusammen. Die jungen Leute lachten, die Mädchen kicherten, Fräulein Müller stand Todesängste aus, sie könnte hinunterstürzen, obschon der ganze Aussichtspunkt mit einem Geländer von rohen Baumstämmen umgeben war. Karl und Irma drängten sie immer mehr nach vorn; Elisabeths entrüstete Ausrufe übertönten das donnerähnliche Brausen des Wasserfalls.

Endlich hatte jeder einen bequemen Platz gefunden und gab sich mit Andacht dem großartigen Naturspiel hin. In gewaltigen Massen stürzte das Wasser in die Tiefe, über einen steilen Abhang hinab und sich bei jeder vorstehenden Felsspitze in tausend Strahlen verteilend, die zusammen einen funkelnden Fächer von Silberschaum bildeten.

Atemlos standen alle und staunten und konnten sich von dem Anblick des prächtigen Falles nicht trennen, bis Onkel Heinz endlich ein »Vorwärts!« kommandierte und vorsichtig eine in den Felsen gehauene Treppe hinabstieg, die unmittelbar zu dem freundlichen Wirtshaus führte. Es lag mitten im Wald, von hohen Fichtenstämmen umgeben, aus denen in geringer Entfernung die malerischen Türme einer alten Klosterruine hervorragten.

Im Garten des Wirtshauses herrschte reges Treiben.

Es war noch Ferienzeit. Das schöne Wetter hatte eine Menge Fremder sowie Bewohner der umliegenden Ortschaften herangelockt. Studenten bildeten fröhliche Gruppen. Alle Stühle waren besetzt, und Gäste, die weder an den Tischen noch auf den Bänken Platz gefunden hatten, wanderten auf und ab. Etwas verstimmt schaute sich unsre Gesellschaft um; es war nicht verlockend, bei diesem herrlichen Wetter drinnen im Saal zu speisen, aber es schien nichts anderes übrigzubleiben.
Mittlerweile hatten die jungen Mädchen Aufmerksamkeit erregt. Irma und Agnes standen in der Nähe einer Gruppe von Studenten, die sich mit den Augen verständigten und einander anstießen. Plötzlich erhob sich einer von ihnen, näherte sich dem Professor und fragte höflich: »Ich habe doch die Ehre, Herrn Professor Fuchs zu sprechen?«
Der alte Herr schaute ihn durchdringend an. »Ich glaube, ich kenne Sie, junger Mann, kann Sie aber nicht unterbringen.«
»Hochstein«, stellte sich der Student vor, indem er dem ganzen Kreise seine Verbeugung machte. »Ich gehöre doch zu Ihren ehemaligen Schülern, Herr Professor. Darf ich Ihnen und Ihrer Gesellschaft unsern Platz anbieten? Wir sind fertig, unsre Tafel kann schnell abgeräumt werden.« Mit einer höflichen Verbeugung auf die Dankesbezeugungen der Gesellschaft antwortend, winkte er einem in der Nähe sitzenden Blumenmädchen und kaufte die schönsten Blumen aus ihrem Körbchen. Mit vollendeter Ritterlichkeit näherte er sich Maud und Agnes und überreichte ihnen ein paar Sträußchen, welche die amerikanischen Mädchen ohne die geringste Verlegenheit freundlich dankend annahmen und in den Gürtel steckten. Flora erhielt ein Sträußchen Vergißmeinnicht und Heliotrop, worüber sie bis über die Ohren errötete. Endlich trat

der junge Mann zu Irma und reichte ihr zwei prachtvolle La-France-Rosen. »Sollten Sie die Blumen auch nachher fortwerfen, ich würde mich doch für den glücklichsten der Sterblichen halten, wenn Ihre Hände sie nur einmal berührten«, flüsterte er leise.
Irma fühlte, daß sie rot wurde, aber sie zwang sich aufzuschauen und blickte in ein Paar schwarze, kecke Augen. Sie schlug verwirrt die blauen Augen nieder und nahm die Rosen mit ein paar Dankesworten an.
»Wer war das, Onkel Heinz?« fragte Ruth.
»Jetzt erinnere ich mich; er war mein Schüler und benahm sich immer ein bißchen verdreht.«
»Er ist ein Geck«, brach Hans Reichert los, »und ihr«, fuhr er entrüstet zu den Mädchen fort, »solltet euch schämen, Blumen von jemand anzunehmen, der euch gänzlich unbekannt ist.«
Maud erwiderte ruhig, sie sehe kein Unrecht darin, eine Höflichkeit anzunehmen, die im Beisein der Eltern und der ganzen Familie erwiesen werde.
Irma schaute Hans lachend an, roch an ihren Rosen und befestigte sie sorgfältig in ihrem Gürtel. Ruth näherte sich ihr und flüsterte tadelnd: »Du mußt nicht so kokett sein, Irma, mein Kind.«
»Oh, es ist doch nur Hans!« versetzte sie, während sie sich mit einem strahlenden Lächeln auf dem reizenden Gesicht zu Agnes gesellte. Ruth warf einen mitleidigen Blick auf den jungen Mann.
Die Gesellschaft nahm an den inzwischen gedeckten Tischen Platz und tat sich gütlich an den schmackhaft zubereiteten Speisen und dem Rheinwein, der in goldglänzenden Römern perlte.
Nach dem Essen gingen Ruth und ihr Mann noch einmal zu dem Wasserfall, um das großartige Schauspiel in aller Stille zusammen zu genießen. Fritz und Marianne wanderten mit Maud ein Stück in den Wald. Ilse sehnte sich danach, da nun die lebhafte Mittags-

stunde vorüber und es im Garten fast leer geworden war, still unter dem Laubwerk der hohen Bäume zu ruhen, und Onkel Heinz teilte ihren Wunsch. Tante Elisabeth suchte sich im Haus ein bequemes Sofa, wo sie ihr Mittagsschläfchen halten konnte.
Das junge Volk beschloß, der Ruine einen Besuch abzustatten. Ludwig und Agnes gingen voraus. Der Pfad durch den Wald war nicht sehr eben, hier und da sogar recht schmal und holprig. Es dauerte denn auch nicht lange, so bot der junge Leutnant seiner Dame den Arm. An einer Stelle, wo große, knorrige Wurzeln und ein ganzer Baumstamm den Weg sperrten, legte er den Arm um die Mitte des jungen Mädchens und half ihm über die Hindernisse hinweg.
Irma folgte mit Hans, behielt aber Karl an ihrer Seite und beachtete ihren Anbeter nicht. Des Morgens im Wagen war sie ganz freundlich zu ihm gewesen, hatte ihn zwar geneckt, sich jedoch seine etwas ungeschickten, aber gutgemeinten Huldigungen gern gefallen lassen. Nun würdigte sie ihn kaum einer Antwort, beschäftigte sich nur mit Karl und sprang ausgelassen mit diesem über die Baumwurzeln. Hans seufzte. Vom ersten Augenblick an, als er in Irmas strahlende Augen geschaut, hatte das verwöhnte, von allen verhätschelte Kind sein Herz im Sturm erobert. Er kämpfte dagegen, sagte sich, daß es eine Torheit sei, sich so plötzlich zu verlieben, aber trotz seiner ernsten Natur konnte er nicht anders. Er fühlte, daß er Irma wahrhaft liebte und daß es keine Tändelei, sondern eine ernste, tiefe Zuneigung war, die unzerstörbar in seinem Herzen lebte. Daher tat es ihm weh, sie jetzt so launisch und flatterhaft zu sehen. Ein bitteres Gefühl bemächtigte sich seiner bei dem Gedanken an den Studenten, der Irma erröten gemacht und den sie mit einem Blick angesehen hatte, wie ihn, Hans, noch keiner getroffen hatte und auch wohl nie einer treffen

würde. Trotz seiner Verliebtheit aber war er kein Narr; er bewahrte seine Würde und ließ Irma unbehelligt.
Er wollte sich Flora und Gustav anschließen, die den Abschluß bildeten. Doch auch ihnen schien seine Gesellschaft nicht erwünscht zu sein. Der sonst so verträumte Gustav warf ihm einen unzufriedenen Blick zu, und endlich bat ihn Flora, ob er nicht zurück zum Wirtshause gehen und ihren vergessenen Schal holen möchte. Sie finde es kühl und wolle ihn dort mit Gustav auf jener Bank erwarten. Gutmütig erfüllte Hans ihren Wunsch, aber als er mit dem Schal zurückkam, fand er das junge Paar nicht mehr. So nahm er auf dem aus unbehauenen Stämmen errichteten Sitz Platz und verlor sich in Betrachtungen über die Torheit verliebter Leute.
In der Zwischenzeit hatten die übrigen die Ruine des ehemaligen Klosters erreicht und schweiften zwischen den Mauerresten, Treppen, Spitzbogen und Gewölben umher. Durch die Öffnungen und Spalten, durch die klaffenden Risse blickten überall der wolkenlos blaue Himmel und die dunklen Wälder herein. Die grauen, von der Zeit geschwärzten Mauern waren ganz mit Efeu und wilden Blumen bewachsen; hier und da erhoben sich zwischen den moosbedeckten Steinen einige kleine Fichten- und Tannenbäumchen. Im Gras verstreut lagen noch einzelne Grabsteine, deren Inschrift verwittert war; einige freilich waren noch lesbar und trugen die Namen längst verstorbener Mönche und Äbte. Stille herrschte. Sogar Irma fühlte sich davon bewegt; sie setzte sich in die Nische eines Bogenfensters und blickte träumerisch vor sich hin. Karl, zu lebhaft, um stillzusitzen, hatte ein paar Eichhörnchen entdeckt, deren lustige, flinke Sprünge ihn tiefer in den Wald lockten. Die andern beiden Paare wählten sich auch ein ihnen zusagendes Ruheplätz-

chen, und so war Irma allein. Sie bot ein schönes Bild, von der Fensternische wie von einem breiten Rahmen umgeben. Sie nahm die Rosen aus ihrem Gürtel und atmete ihren süßen Duft ein. In demselben Augenblick hörte sie einen raschen Schritt. Sie fühlte, wie ihr das Blut in die Wangen schoß, als plötzlich Hochstein vor ihr stand.

Er tat, als habe er nichts gesehen, grüßte höchst ehrerbietig, schien erst vorüberschreiten zu wollen, blieb dann aber stehen. »Hat die romantische Schönheit dieses Ortes auch Sie verlockt, hier etwas zu ruhen, gnädiges Fräulein?« fragte er.

»Ja«, stammelte Irma verlegen; gleichzeitig erhob sie sich, um weiterzugehen.

»Ich bitte Sie«, rief er erschrocken. »lassen Sie sich durch mich doch nicht stören! Ich würde es mir nie verzeihen, wenn ich die Ursache wäre, daß Sie dieses herrliche Fleckchen Erde verließen. Soll ich gehen?«

Sie überwand ihre Schüchternheit und sah ihn an. Auf seinem Antlitz las sie eine so unverhohlene Bewunderung, daß ihr Mut wuchs. »Dieses Reich gehört nicht mir«, entgegnete sie lächelnd, »folglich habe ich nichts zu befehlen.«

»Dann darf ich also einen Augenblick verweilen? Kommen Sie oft hierher?«

»Nein, im vorigen Jahr machten wir die Fahrt zuletzt. Es ist von der Stadt eine richtige Reise hierher.«

»Sie wohnen in der Stadt?«

»Ja, bei meiner Großmutter.«

»Welch ein Glück!«

»Warum?«

»Weil ich ganz nahe an der nächsten Universität studiere.«

Wieder wurde Irma rot. »Es wird Zeit, daß ich meine Gesellschaft aufsuche«, sagte sie, sich erhebend. »Karl, wo bist du?« rief sie laut.

»La, la, la, la«, ließ sich die lachende Jungenstimme aus der Ferne vernehmen.
Irma neigte grüßend den Kopf und schritt dem Knaben rasch entgegen, bevor er merkte, daß sie nicht allein gewesen war.
Ludwig und Agnes ließen nicht lange auf sich warten. Als Agnes Irma sah, flog sie ihr ausgelassen entgegen.
»Wo warst du?« fragte sie. »Wir haben dich überall gesucht.«
»Wer's glaubt!« lautete die scherzende Antwort. »Ihr überlaßt mich ruhig meinem Schicksal.«
»Ich glaubte, Hans sei bei Ihnen«, entschuldigte sich Ludwig.
»Hans!« Irma lachte laut auf. »Nein, der hat mich auch im Stich gelassen.«
»Sicher nicht freiwillig«, meinte Agnes. »Armer Hans!« Sie schob ihren Arm durch den ihrer Kusine und flüsterte: »Liebling, ich bin so unendlich glücklich!«
Zu weiteren vertraulichen Mitteilungen blieb keine Zeit, denn Gustav und Flora tauchten eben auf. Der jugendliche Künstler sah sehr ernst aus; er ging Hand in Hand mit Flora und schien es nicht zu bemerken, daß die andern sich vielsagend anschauten.
Gemeinsam kehrten sie zu dem Wirtshaus zurück. Im stillen wunderte sich Irma, daß Agnes so heiter war, und tat, als sei nichts vorgefallen. Sie blickte den Leutnant von der Seite an. Wie hatte sie ihn nur jemals hübsch finden können! Nein, er war gar nicht hübsch, wenn sie ihn mit Hochstein verglich.
Im Garten fanden sie die ganze übrige Gesellschaft versammelt. Onkel Heinz und Hans waren an einem abgesonderten Tisch mit der Bereitung einer Riesenbowle beschäftigt. Verschiedene Flaschen Rheinwein, ein paar Flaschen Sekt, Teller mit Erdbeeren, Pfirsichen und anderen Früchten standen vor ihnen. Die

Damen umringten den Professor und wollten ihm einige Anweisungen geben, er aber erklärte, er sei stets wegen seiner Bowlen berühmt gewesen und könne ohne Hilfe fertig werden. Trinken dürften sie davon, um die Zubereitung brauchten sie sich aber nicht zu kümmern.

Am andern Ende des Gartens saßen die Studenten. Irma konnte nicht anders, sie mußte dann und wann verstohlen hinsehen, und ihr Herz begann ungestümer zu schlagen, als sie Hochstein aufstehen und, von einigen Kameraden gefolgt, auf ihre Gesellschaft zutreten sah.

Er näherte sich Frau Gontrau, verbeugte sich ehrfurchtsvoll und begann: »Haben Sie etwas dagegen, gnädige Frau, wenn wir die jungen Damen und Herren Ihrer Gesellschaft einladen, an einem improvisierten Ball teilzunehmen?«

Aus dem Speisesaal des Hauses erklangen heitere Tanzweisen, und beim Schein der mittlerweile angezündeten Lampen drehten sich einige Paare fröhlich im Kreise.

»Habt ihr Lust, Kinder?« fragte Ilse freundlich.

»Ach ja, Großmama!« rief das junge Volk entzückt. Selbst Floras Augen glänzten, aber sie schlug sie nieder und fragte Gustav, ob er gern tanze.

Nachdem die gegenseitigen Vorstellungen stattgefunden hatten, bot Hochstein Irma den Arm. Die junge, fröhliche Schar wollte sich entfernen, als der Professor rief: »Das ist alles gut und schön, aber nach dem Tanzen kommen Sie mit Ihren Freunden her, um meiner Bowle Ehre zu erweisen.«

Fröhlich lachend stürmten die jungen Leute in den Saal.

Fritz Müller, der mit seiner Frau dem Tanze zusehen wollte, blieb vor Tante Elisabeth stehen und sagte, ihr lachend den Arm bietend: »Komm, Schwesterlein mein! Wollen wir einmal probieren, ob wir das Walzen noch nicht verlernt haben?«

»Du tätest besser, dich nicht so verdreht anzustellen«, versetzte die alte Jungfer giftig. »Sieh lieber, was deine Töchter treiben! Ich für meinen Teil finde es mehr als unpassend, die jungen Mädchen mit unbekannten Studenten tanzen zu lassen, und noch dazu Maud, die Braut sein will.«

Fritz wurde dunkelrot. Die sanfte Marianne schaute ihre Schwägerin vorwurfsvoll an, Großmutter Ilse aber kam beiden zuvor: »Sie sollten sich schämen Elisabeth«, rief sie heftig. »Daß Sie selbst sich nicht vergnügen können und alles verurteilen, was einfache, schlichte Menschen nett finden und gern mögen, ist Ihre Sache, aber ich verbitte mir ernstlich, daß Sie gegen einen meiner Gäste gehässige Bemerkungen machen. Ich habe es gutgeheißen, daß die jungen Mädchen tanzen. Nehmen Sie daran Anstoß, so behalten Sie Ihre Bedenken für sich! Wir werden uns nicht danach richten.«

Erschrocken schwieg Elisabeth. Sie fürchtete sich ein bißchen vor Frau Gontrau, die ihr sonst immer am höflichsten und freundlichsten entgegenkam. Die Augen der alten Dame blitzten vor Zorn, und für einen Augenblick lebte die alte, aufbrausende Ilse wieder auf.

»Ich darf doch wohl noch sagen, was ich unpassend finde!« stammelte Elisabeth, in ihrem Innern noch viel zu entrüstet, um nachzugeben.

»Nicht, wenn keiner danach fragt«, entgegnete Ilse. »Sie haben schon mehr als genug Kritik geübt. Geh nur mit, Marianne! Fritz, Ruth und Heinrich haben auch die Absicht, sich in den Saal zu begeben. Wer weiß, wenn die Bowle ganz fertig ist, kommen Onkel Heinz und ich vielleicht auch noch auf ein Weilchen und gucken zu. Was meinen Sie, Professor?«

»Vortrefflich, Frau Ilse! Wenn mein dummes Bein mir nicht so mitspielte, würde ich Ihnen allen einen Walzer vortanzen, daß Sie Ihr blaues Wunder erleben sollten.«

Heiter gingen die andern ins Haus. Ilse widmete ihre Aufmerksamkeit der Bowle und schaute dann nach Fräulein Müller. Steif und kerzengerade saß diese auf ihrem Stuhl. Frau Gontrau, die ebenso rasch versöhnt war, wie sie heftig werden konnte, fürchtete, die alte Jungfer doch zu hart angefahren zu haben, und hatte schon wieder Mitleid mit dem einsamen Wesen, das so unglücklich in einer Ecke saß, während alle anderen sich gut unterhielten. Der Professor schüttelte den Kopf, als sie sich an sie wendete und freundlich sagte: »Sie müssen nicht böse sein, Elisabeth, weil ich zornig war. Sie sind mein Gast, und es würde mir leid tun, wenn ich Sie gekränkt hätte.«

Fräulein Müllers Miene wurde nicht sanfter, als sie in sauersüßem Ton erwiderte: »Ach, Frau Gontrau, mir gegenüber brauchen Sie sich wirklich nicht zu entschuldigen! Auf mich kommt's nicht an. Jeder darf mich ungestraft beleidigen. Wenn mich die Mädchen auslachen und Karl frech zu mir ist und mich zum Gespött macht, haben alle ihre Freude dran. Um mich kümmert sich niemand, und Sie brauchen es auch nicht zu tun.«

Der Groll und der gekränkte Stolz, die aus diesen Worten sprachen, taten Ilse weh, und sie näherte sich Elisabeth. »Wollen Sie nicht ein wenig mit mir im Garten spazieren gehen?« fragte sie. »Der Professor ist noch mit seiner Bowle beschäftigt.«

Wider Willen geschmeichelt, daß sich Frau Gontrau so um sie bemühte, stand Fräulein Müller auf. Ilse nahm ihren Arm. Der Abend war hereingebrochen. Die Kellner zündeten die Lichter im Garten an; überall leuchteten bunte Papierlaternen zwischen dem

Grün auf. Aus dem Tanzsaal erklangen Musik und heiteres Stimmengewirr. Mit Absicht schlug Frau Gontrau einen Seitenpfad ein und begann freundlich: »Liebe Elisabeth, ich war eine Freundin Ihrer Mutter und habe Sie und Fritz von Geburt an gekannt. Da darf ich mir doch wohl herausnehmen, Ihnen einen Rat zu geben.«
Elisabeth warf den Kopf in den Nacken. »Natürlich, Frau Gontrau!«
»Sie beklagen sich, daß die Menschen nicht lieb zu Ihnen sind, daß die jungen Mädchen Sie unfreundlich behandeln und gerne necken. Vielleicht haben Sie recht, aber denken Sie einmal nach und sagen Sie mir ehrlich und aufrichtig, ob Sie daran wirklich ganz unschuldig sind.«
»Ich weiß nicht, was Sie wollen«, entgegnete Tante Müller steif.
Aber Ilse ließ sich nicht abschrecken. »Wenn Sie sich bemühten, es den Leuten in Ihrem Haus etwas behaglicher zu machen«, fuhr sie herzlich fort, würden Sie selbst viel glücklicher sein. Was haben Sie von all den Zimmern, die niemals eines Menschen Fuß betritt, in denen nie ein Fenster geöffnet wird, aus Furcht vor Staub, wo stets alles gleich tadellos und dadurch so kalt und ungemütlich ist? Wenn es regnet und jemand zu Ihnen kommt, lautet Ihre erste Frage, ob er sich auch die Füße gut abgewischt habe, und ich glaube, Sie würden sich todunglücklich fühlen, wenn etwas Schmutz und Nässe Ihre Fußböden befleckten. Das ermutigt die Leute nicht: sie fühlen, daß sie nicht willkommen sind, und bleiben lieber fort.«
»Mich besucht doch niemand!« versetzte Elisabeth, die ganz böse werden wollte; aber in Frau Gontraus warmem, teilnehmendem Ton lag etwas Besänftigendes. »Übrigens begreife ich eigentlich nicht, was Sie das angeht.«

»Machen Sie doch einmal den Versuch!« fuhr Ilse, die letzten Worte nicht beachtend, fort. »Machen Sie Ihr Haus etwas heller und fröhlicher! Laden Sie das junge Volk einmal ein, bewirten Sie es einfach, aber gastlich und herzlich! Ärgern Sie sich nicht, wenn es lustig und ausgelassen zugeht, und vor allem, legen Sie nicht so großes Gewicht auf nichtige, kleinliche Dinge! Sorgen Sie, daß in ihrem einsamen Herzen kein Platz für düstere Stimmung und Mißgunst bleibt. Ich halte viel von Ihnen, Elisabeth, ich habe Sie gern, und wenn Sie sich so benehmen, daß andere das auch tun, dann würde Sie viel glücklicher sein als bisher. Liebe ist das einzig wahrhaft Nötige auf der Welt.«
»Sie haben gut reden!« sagte die alte Jungfer, die sich selbst am meisten darüber wunderte, daß sie nicht böse wurde. »Sie sind Ihr ganzes Leben lang von allen angebetet und verwöhnt worden, während ich . . .«
»Ich weiß«, fiel Großmutter Ilse ins Wort, »Sie haben vieles entbehren müssen, aber das kann noch gutgemacht werden. Der Anfang ist freilich nicht leicht, doch glauben Sie mir, der einzige Weg, Liebe zu ernten, ist Liebe zu säen.«
»Ja, für unglückliche, zu kurz gekommene Wesen wie mich vielleicht, aber nicht für die Glücklichen, die vom Schicksal Bevorzugten.«
»Wenn andre wirklich bevorzugt sind, ist es weise, sich darüber nicht zu ärgern, sondern sich zu bemühen, durch eigene Verdienste das zu erwerben, was jenen mühelos in den Schoß fällt.«
»Frau Ilse, wo bleiben Sie?« ließ sich plötzlich die Stimme des Professors vernehmen. »Meine Bowle ist fertig. Ich habe dem Kellner den Auftrag gegeben, alles in Ordnung zu bringen. Nun wollen wir einen Blick in den Tanzsaal werfen.«
»Gern, Onkel Heinz. Kommen Sie, Elisabeth!«
Fraulein Müller wußte nicht, ob sie ja oder nein sagen

sollte, und Professor Fuchs machte ein verdutztes Gesicht, als Ilse seinen Arm nahm und ihm einen Wink gab, Elisabeth den andern zu bieten. Er brummte etwas, aber ebenso wie Elisabeth konnte er doch nicht gut anders als der Großmutter gehorchen.

Fritz, Ruth und Marianne zeigten nicht wenig erstaunte Miene, als sie die drei eintreten sahen. Fritz, der den boshaften Ausfall seiner Schwester noch nicht vergessen hatte, kam gerade mit spöttischem Gesicht auf sie zu, als Ilse ihm winkte, ihm etwas ins Ohr flüsterte, und schnell unterdrückte er eine unfreundliche Bemerkung.

Im Ballsaal herrschte die fröhlichste Stimmung, und über eine Stunde schauten die älteren Leute dem lustigen Treiben zu.

»Wie sich Irma vergnügt«, sagte Ilse froh zu Ruth, »und wie hübsch sie aussieht!«

Ruth beugte sich zu ihrer Mutter und entgegnete leise: »Ich finde, daß sie zuviel mit Hochstein tanzt, Mama. Das ist nun schon das viertemal, und sie ist so aufgeregt.«

»Ach, das hat doch nichts zu sagen! Nach dem heutigen Abend sieht sie ihn vielleicht nie wieder. Überdies sind Ludwig und Agnes fast unzertrennlich.«

»Das ist etwas andres. Jetzt sehe ich Irma überhaupt nicht mehr. Ob sie hinausgegangen sind?«

»Vielleicht für einen Augenblick. Es ist heiß im Saal. Das machen die vielen Menschen. Laß Irma nur nicht merken, daß du unruhig bist, Ruth! Wirklich, das wäre nicht richtig. Da sind sie schon wieder.«

In der Tat kehrten Irma und ihr Kavalier soeben in den Saal zurück. Der Ball näherte sich seinem Ende. In einer Ecke, hinter einer Gruppe hochstämmiger grüner Blattpflanzen und Rosen, konnten sie ungestört plaudern. »Dies ist der schönste Abend meines Lebens«, begann Hochstein. »Es ist beinahe zu schön

für einen gewöhnlichen Sterblichen; mir ist, als weilte ich unter den Göttern des Olymps.«
Irma lachte. »Wie mag Ihnen da wohl zumute sein?«
»Ich möchte die ganze Welt ans Herz drücken; mir ist, als ob das Leben all seine Schönheiten und Herrlichkeiten über mich ausschüttete, als ob alles, was ich je geträumt habe, Wirklichkeit würde, so daß ich mein Glück kaum fassen kann.«
Die Musik, die eine Pause gemacht hatte, begann aufs neue.
Irma stand auf. »Das ist der letzte Walzer«, erklärte sie, »den hab' ich versprochen.«
Schon legte Hochstein ihren Arm in den seinen. »Mir?« bat er flehend.
»Nein, nein, Hans Reicher«, stammelte sie.
Der Student fing an zu lachen. »Das ist wohl der Herr mit dem wütenden Gesicht, der uns, sooft wir vorbeitanzten, ansah, als wollte er uns fressen?«
Irma lächelte; leise aber sagte sie: »Ich hab's ihm versprochen.«
Rasch schlang Hochstein den Arm um sie. Schneller und immer schneller wurde das Tempo. So hatte sie noch nie getanzt. Sie vergaß alles: Hans, der sie, die Lippen zusammengepreßt, mit einem tieftraurigen Ausdruck in seinen treuen Augen ansah, und ihre Herzensangst, daß sie ihr Wort gebrochen hatte. Sie fühlte nur, wie schön das Leben war. Mit geschlossenen Augen und halbgeöffneten Lippen gab sie sich dem Zauber dieser Stunde hin, umfangen von einem seligen Traum.
»Irma, mein Kind, es ist genug; du machst dich müde.« Es war die Stimme ihrer Mutter, die sie zur Besinnung brachte.
Noch ganz schwindlig, schaute sie sich um, während Hochstein sie zu einem Stuhl führte. »Gnädige Frau, dies war der letzte Tanz. Die Musik geht schon fort.«

»Um so besser«, versetzte Ruth, »komm, Irma!«
»Auf Wiedersehen, meine Damen!« Der Student entfernte sich mit einer tiefen Verbeugung.
»Es ist mir gar nicht lieb, daß Onkel Heinz die fremden jungen Leute zur Bowle eingeladen hat«, sagte Ruth.
»Weshalb, Mama?«
»Weil ich finde, daß du dich zuviel mit jenem jungen Herrn unterhältst. Das fällt mir auf.«
»Aber Mama, wir haben ein paarmal miteinander getanzt! Was tut denn das?«
»Nichts, doch du hättest auch mit andern tanzen können, mit Hans zum Beispiel.«
Irma schwieg und ging auf den Professor zu, der mit einigen Studenten plauderte. »Onkel, nun kommt deine Einladung an die Reihe.«
»Ja, kleiner Schelm«, und er kniff ihr in die glühenden Wangen.
»Heute ist unser Kind in seinem Element, was?«
Irma wurde rot, weil der alte Herr sie in Gegenwart der jungen Leute so behandelte, aber sie war doch zu glücklich, um etwas anderes zu tun, als lächelnd zu nicken.
Die Kellner hatten im Garten eine lange Tafel hergerichtet. Auf der blau und rot karierten Tischdecke prangte die Riesenbowle, umgeben von den schimmernden Gläsern, rechts und links flankiert von zwei großen Blumensträußen.
Wie es zuging, wußte sie selbst nicht, aber wieder fand Irma ihren Platz neben Hochstein. Bald schallten fröhlicher Gesang und Gelächter durch den Garten.
Ilse saß neben Onkel Heinz. Er stieß mit ihr an und fragte: »Schwester, dein Geliebter heißt?« worauf sie lachend versetzte: »Heinrich!« und alle im Chor sangen:

Heinrich, er soll leben!
Soll leben, soll leben!
Heinrich, er soll leben!
Er lebe hoch!

Das Hoch wurde lange ausgehalten. Und dann ging's weiter, die ganze Tafelrunde durch, unter Necken und Scherzen. Die jungen Leute trieben es fast zu toll Ludwig und Agnes flüsterten miteinander, und dann nannten beide einen fremden Namen, den niemand je gehört hatte. Gustav und Flora gaben sich einfacher, aber das junge Mädchen wurde verlegen und stammelte so schüchtern: »Gustav!«, daß sie den Namen noch zweimal wiederholen mußte.

Die größte Heiterkeit erregte Tante Elisabeth, die erst erklärte, sich mit solchen Narrenpossen nicht abzugeben, und schon im Begriffe war, böse zu werden, als ihr Bruder Fritz ausrief: »Unsinn, Elisabeth! In deinem zehnten Jahr warst du unsterblich verliebt in den Küster unserer Kirche: Er schielte und hieß Georg.«

Alle jubelten und lachten. »Georg, er soll leben!« schallte es hell durch die Abendluft. Vielleicht war es nur der Einfluß der Bowle; jedenfalls steht fest, daß die alte Jungfer ihren Ärger vergaß und mitlachte.

Hochstein blickte Irma fest an und rief: »Maria!« Einen Augenblick vorher hatte er sie gefragt, wie sie heiße, und sie hatte geantwortet: »Irma Maria.«

Endlich mußte doch an die Rückfahrt gedacht werden. Es war höchste Zeit. Als die älteren Damen hörten, wie spät es schon war, erschraken sie. Das ganz außer Rand und Band geratene junge Volk schlug vor, wieder den Weg über den Wasserfall zu Fuß zu machen und erst an den Stallungen einzusteigen; das würde eine schöne Mondscheinpartie sein.

Verschiedene Ausrufe, wie »Ach ja! Das wollen wir! Herrlich! Bitte, Großmama!« ließen sich hören.

Fritz aber erklärte kurz und bündig: »Daraus wird nichts. Wir fahren den andern Weg, der ist um eine gute Stunde kürzer.«
Hochstein half Irma in den Wagen und flüsterte ihr zu, wie scheußlich er es finde, daß er und seine Freunde nicht mitfahren könnten.
»Adieu, adieu! Herzlichen Dank, Herr Professor!« klang es von allen Seiten, dann setzten sich die Fuhrwerke in Bewegung. Das letzte, was Irma zu unterscheiden vermochte, war die schlanke Gestalt ihres Anbeters, der seine Mütze schwenkte und sie, sie allein grüßte.
Der Wagen bog um die Ecke, und plötzlich schien es Irma, als sei alles dunkel und trübe geworden. Jetzt bemerkte sie erst, daß sie neben Hans Richter saß. Sie fühlte sich so glücklich, daß es ihr Leid tat, den armen Jungen unfreundlich behandelt zu haben. »Sind Sie mir böse?« fragte sie sanft.
»Weshalb?«
»Weil, nun weil ich den letzten Walzer nicht mit Ihnen tanzte, wie ich versprochen habe.«
Er tat, als müsse er sich erst besinnen. »Ach ja, richtig, den letzten Walzer! Nein, durchaus nicht. Ich war froh über Ihr Vergessen, weil ich eine andere junge Dame zum Tanz gebeten hatte.« Hans log. Er war still hinausgegangen, um seine Enttäuschung und seinen Ärger niederzukämpfen, doch sein Stolz verbot ihm, Irma zu zeigen, wie tief sie ihn verletzt hatte.
Im vordersten Wagen schlief Tante Elisabeth und ärgerte den Professor, weil sie schnarchte; schnarchende Frauen konnte er nicht ausstehen. Großmutter Ilse war müde und lehnte sich schweigend, mit geschlossenen Augen, zurück. Ruth und Marianne unterhielten sich leise und schauten dazwischen nach Flora und Gustav, die auf der vordersten Bank Hand in Hand saßen, aber kein Wort sprachen. Onkel Heinz blickte

auf die prachtvolle, mondglänzende Landschaft und verkürzte sich die Zeit mit Rauchen. Im zweiten Wagen saß Maud neben ihrem Vater. Ludwig und Agnes waren so in ihr Geflüster vertieft, daß sie nicht einmal hörten, wenn sie jemand anredete. Irma kehrte Hans den Rücken. Was bildete sich der Bauer ein? Sie wollte ihm freundlich entgegenkommen, und er wagte es, ihr eine solche Antwort zu geben! Ihr eitles Herz schwoll vor Entrüstung. Nun wollte sie sich nie mehr um ihn kümmern; sie hatte an Angenehmeres zu denken.

Onkel Heinz war schlecht gelaunt. Mit grimmigem Gesicht ging er umher und erklärte, er werde sich in den nächsten Tagen weder bei Müllers noch bei Ilse Gontrau blicken lassen. Das ewige Einerlei und die endlosen Beratungen fingen an, ihn zu langweilen. Immer bekam er dasselbe zu hören, von Verliebtsein, Verlobungen und Ratschlägen der Eltern. Es herrschte allseits große Rührung, und der Professor, der bei seinen vielen guten Eigenschaften doch nicht frei von Egoismus war, konnte es nicht leiden, daß die Jugend jetzt ganz in den Vordergrund getreten war und ihm und seinen Interessen weniger Beachtung geschenkt wurde.
Am Morgen nach dem Ausflug war Ludwig Reicher zu Fritz Müller und seiner Frau gekommen, hatte ihnen gesagt, daß er ihre Tochter Agnes liebe und um ihre Hand bitte.
Sehr erstaunt waren die Eltern nicht, denn sie hatten es kommen sehen. Agnes wurde hereingerufen und die Sache ruhig und praktisch besprochen. Ohne Tränen oder Rührseligkeit erklärte das junge Mädchen, daß es Ludwig liebe; sie seien freilich beide noch ein bißchen jung, aber in dieser Hinsicht glaubten sie doch alt genug zu sein, um zu wissen, was sie wollten. Bevor Ludwigs Mutter ihre Einwilligung gegeben habe, könne natürlich von einer öffentlichen Verlo-

bung keine Rede sein. Fritz Müller betonte, daß seine Tochter kein Vermögen besitze, wenigstens nicht, solange ihre Eltern lebten. Er sei der Ansicht, daß ein junger Mann, wenn er um ein Mädchen werbe, unabhängig und imstande sein müsse, für seine Familie zu sorgen. Ludwig teilte diese Ansicht, aber da er in einigen Monaten mündig wurde und dann sein väterliches Erbteil zu freier Verfügung bekam, bildete die Geldfrage in seinen Augen kein Hindernis. Trotzdem machte Vater Müller, der jeden Pfennig, den er besaß, durch Arbeit erworben hatte, noch immer ein bedenkliches Gesicht. Ein Erbteil, das war ja gut, aber ein Mann mußte von dem leben können, was er selbst verdiente. Auf die eigene Kraft könne man vertrauen; ein Vermögen, das in Gütern und Papieren bestehe, sei nie sicher. Ludwig äußerte etwas von amerikanischer Auffassung, Agnes aber fand, daß ihr Papa recht habe. Sie könnten noch ein wenig Geduld haben. In zwei Jahren würde Ludwig Oberleutnant werden, so lange wollten sie mit der Hochzeit warten.

Nach dieser Entscheidung des Familienvaters verließen Agnes und Ludwig mit strahlender Miene das Zimmer der Eltern, um die Glückwünsche von Maud, Hans und Karl in Empfang zu nehmen.

Als Fritz und Marianne zu ihrer Mutter gingen, um ihr als erster diese wichtige Neuigkeit mitzuteilen, waren sie nicht wenig erstaunt, dort die Familie in ähnlichen Beratungen anzutreffen.

Gustav war noch nie verliebt gewesen, sondern stets allen Mädchen aus dem Wege gegangen, und oft hatte Irma ihn mit seiner Schüchternheit geneckt. In Floras Gegenwart hatte er sich sofort frei und unbefangen gefühlt. Das war ein Mädchen, wie er es sich erträumte, sanft, still und fügsam, voll Bewunderung für ihn und die Seinen. Auch Ruth und Heinrich fühlten sich zu dem bescheidenen Mädchen hingezogen, wenn die Mutter für ihren Sohn auch eine glänzendere Verbindung gewünscht hätte. Solche Bedenken, wie sie Fritz Müller geäußert hatte, wurden hier nicht erhoben. Das Künstlerpaar lachte darüber; es würde schon alles recht werden, um Geldangelegenheiten machten sie sich keine Sorge. Wenn die jungen Leute einander liebten, so war das die Hauptsache. Frau Reicher mußte natürlich in Kenntnis gesetzt werden, dann war alles in Ordnung.

Sie schrieb denn auch, daß sie mit ihrer Mutter, Frau Flora Werner, kommen wolle, um die Bekanntschaft der Familie zu machen, und es wurde beschlossen, daß Holtens ihre Abreise aus diesem Grunde noch um einige Tage verschieben sollten.

»Sei nicht so brummig, Onkel Heinz!« sagte Irma, indem sie sich unter dem großen Lindenbaum im Garten neben ihm niederließ. »Es ist wirklich kein Grund dazu vorhanden.«

»Kein Grund? Die Leute hier sind alle verrückt. Verliebte sind nie recht bei Trost, das ist nun einmal so. Ich hatte Agnes für verständiger gehalten und auf ihre amerikanische Nüchternheit gerechnet, aber sie ist genauso wie alle andern.«

Irma blickte den alten Herrn spöttisch an, er aber fuhr, dadurch in Harnisch gebracht, fort: »Du brauchst nicht zu lachen. Da hast du nun Gustav und Flora! Die tun nichts, als sich anschauen, so schmachtend und rührselig, daß einem gewöhnlichen Menschen davon übel werden kann. Das Ärgerlichste aber ist, daß die Eltern, dein Onkel und deine Tante, ja deine Großmutter, dem noch Vorschub leisten. Sie reden über nichts als über ihre Kinder, ihr Glück, ihre schöne junge Liebe, die ihnen ihre eigene Jugend wieder in Erinnerung bringe. Bah, nichts als Unsinn!«

»Pfui, Onkel Heinz, du solltest dich schämen!«

»Du solltest dich schämen, kleine, freche Hexe. Willst

du etwa diesem schönen Beispiel folgen? Vielleicht gar mit Hans? Na ja, warum auch nicht? Dann ist das Spiel vollständig.«

»Hans!« rief Irma, verächtlich die Achsel zuckend.

»Nun«, fuhr der Professor fort, plötzlich ins Gegenteil umschlagend, »er wäre der Schlechteste nicht, in jedem Fall viel besser als der aufgeputzte Kerl von Offizier. Du brauchst seinetwegen nicht so die Nase zu rümpfen. Glaubst du denn, daß ein Prinz für dich kommen wird?« Der alte Herr blickte sie unter seinen buschigen Augenbrauen hervor durchdringend an.

Irma errötete unter diesem scharfen Blick. »Wie kommst du mir heute nur vor, Onkel Heinz!« sagte sie. »Erst bist du bös, weil die andern sich verliebt haben und sich verloben, und wenn ich sage, daß ich an so was nicht denke, ist's auch nicht recht.«

»Bös, das ist nicht wahr. Es bringt mich nur um meine gute Laune, weil sie sich so verdreht anstellen und weil ich von nichts anderem mehr höre; aber sie haben recht, wenn sie heiraten. Menschen, die unverheiratet bleiben, nun – du siehst ja, was daraus entsteht: ein alter, brummiger Neidhammel wie ich oder so ein Exemplar wie Tante Elisabeth. Darum, kleines Jungfräulein, wenn dir ein braver, ehrlicher Mann zeigt, daß er dich liebhat, denk lieber zweimal nach, bevor du ihm einen Korb gibst, um irgendeinem goldbeschwingten Schmetterling nachzujagen, den du doch nicht fängst.« Bei diesen Worten stand Professor Fuchs auf und humpelte davon. Er hatte zur Zeit arg an der Gicht zu leiden und stampfte nun ungewöhnlich laut mit seinem Stock auf.

Glühend vor Entrüstung sah Irma ihm nach. Zum erstenmal in ihrem Leben war sie erstlich böse auf Onkel Heinz. Was bedeutete das? Um was kümmerte er sich? Was mochte er beobachtet haben? Was ging ihn das an? Sie hätte nie gedacht, daß er, Onkel Heinz,

solche Dinge überhaupt bemerke. Er brauchte sie wahrlich nicht zu mahnen, sie solle ihre Erwartungen nicht zu hoch spannen. Oh, wenn er wüßte!
Irma schaute sich im Garten um, ob auch niemand in der Nähe sei; nein, sie war unbeobachtet. Nun zog sie aus ihrem Kleid ein zierliches Briefchen hervor und las es, wohl schon zum hundertsten Male. Sie wußte es Wort für Wort auswendig, aber es war ihr ein Genuß, sich immer wieder von seinem Inhalt zu überzeugen.

Mein gnädiges Fräulein!
Vor zwei Tagen kannte ich Sie noch nicht, ahnte ich nicht, daß es etwas so unbeschreiblich Schönes auf der Welt gäbe. Erst seit zwei Tagen lebe ich, fühle ich wenigstens, daß das Leben wert ist, gelebt zu werden. Irma, ich liebe Sie und muß Ihnen das sagen, auf die Gefahr hin, daß Sie mich für meine Kühnheit strafen. Denn es ist ein Vorzug, etwas so Vollkommenes, so wunderbar Schönes anzubeten. Haben Sie ein wenig Mitleid mit mir? Ich bitte nicht um Erwiderung meiner Gefühle. Das wäre zu anmaßend. Möchte die Darbietung meiner ehrfurchtsvollen, meiner unermeßlichen, meiner ewigen Liebe Ihnen nur nicht zuwider sein! Das ist alles, um was ich Sie anzuflehen wage. Dienstag nachmittag zwischen vier und fünf Uhr werde ich an Ihrem Haus vorübergehen. Wenn ich Sie dann an einem der Fenster oder im Garten sehe, und Sie tragen eine rote Rose im Gürtel, machen Sie mich zum Glücklichsten der Sterblichen, wenn nicht – ich wage es nicht auszusprechen, welcher Verzweiflung ich dann anheimfallen würde.
Ich ersuche Sie um strengste Geheimhaltung; mir ist, als würde meine Liebe entweiht, wenn jemand auch nur eine Ahnung davon hätte.

Ihr ewig getreuer
Otto Hochstein.

Arme kleine Irma! Sie verstand nicht, wie geschraubt und abgedroschen diese Worte waren. Sie war buchstäblich begeistert, und ihr eitles Herz klopfte vor freudigem Stolz. »Irma Hochstein!« sprach sie immer wieder leise vor sich hin.
Natürlich fiel es ihr gar nicht ein, jemand Mitteilung von ihrem köstlichen Geheimnis zu machen, aber es kostete sie doch einen Kampf, Agnes gegenüber ganz zu schweigen. Das Mädchen war strahlend glücklich und sprach mit wahrer Begeisterung von Ludwig. Irma schaute sie fast mitleidig an; was war der junge Leutnant im Vergleich zu Otto? Es schien ihr, als ob die beiden gar nicht in einem Atemzug genannt werden könnten. Agnes war zudem so von ihrem Verlobten erfüllt, daß sie keine Augen für Irma hatte und gewiß nicht mit dem richtigen Interesse ihrer wichtigen Mitteilung Gehör schenken würde.
So verhielt es sich mit allen. Die zwei großen Ereignisse im Familienkreise nahmen die Gedanken so in Anspruch, daß keiner auf Irma achtete. Selbst Großmutter Ilse und Ruth, die sich sonst so viel mit ihrem Liebling beschäftigten, sahen nicht, wie erregt und geheimnisvoll sich das junge Mädchen benahm.
Onkel Heinz, der viel mehr beobachtete, als man vermutete, und der das Kind aufs zärtlichste liebte, kam zu der Ansicht, daß etwas nicht in Ordnung sei, und machte sich seine Gedanken darüber. Da er aber nichts Genaues wußte, hütete er sich wohl, seine Nase in Dinge zu stecken, die einen alten Junggesellen nichts angingen. Er begnügte sich, der Kleinen anzudeuten, daß er ein wachsames Auge auf sie habe.
Der zweite, der etwas merkte, aber nichts sagen durfte, war Hans Reicher. Seit der schöne Student mit dem bestechenden Auftreten auf der Bildfläche er-

schienen war und Irmas liebliches, aber eitles Köpfchen mit seinen Schmeicheleien erfüllte, wußte Hans, daß er nichts mehr zu hoffen hatte. Obgleich es ihm weh tat, hatte er sich doch darin ergeben, weil seine Liebe großmütig und frei von Selbstsucht war. Irmas Glück stellte er weit über das seine, und er fürchtete nur, daß Hochstein nicht die Persönlichkeit sei, der ein junges Mädchen vertrauensvoll seine Liebe schenken könne. Sein Auftreten war zu übermütig, zu dreist. Hans wußte jedoch nichts Bestimmtes, auch besaß er kein Recht, sich nach Hochstein zu erkundigen. So blieb ihm denn nichts anderes übrig, als mit Angst und Trauer im Herzen abzuwarten, was aus der Sache werden würde.

Flora Werner und ihre Tochter, Thusnelda Reicher, trafen ein, und nun wurde die Doppelverlobung durch ein großes Familienfest gefeiert.

Flora war eine alte Frau geworden, aber ihr fehlte die vornehme Würde, die Ilse auszeichnete. Selbst jetzt hatte sie ihrer Sucht, sich zu putzen, nicht widerstehen können. Sie trug sich jugendlicher und auffallender als ihre Tochter und sah mit ihrem nach der neuesten Mode frisierten Haar geradezu lächerlich aus.

Frau Reicher, früher ein leicht errötendes, aber kerngesundes, kräftiges junges Mädchen, war nun ein kleines, rundliches Frauchen, sehr verlegen, besonders in Ruths Gesellschaft, deren fürstliche Anmut großen Eindruck auf sie machte. Sie war überglücklich über die Wahl ihrer Kinder und gleich vertraut mit Agnes; zu Gustav aber wagte sie kaum ein Wort zu sagen.

Die alte Flora fühlte sich im siebenten Himmel. Die Verlobung ihres Enkels mit Agnes ließ sie ziemlich gleichgültig. Sie fand sie ganz passend, aber es war nichts Außergewöhnliches dabei; daß aber ihre Enkelin einen Künstler heiraten sollte, den Sohn des be-

rühmten Ehepaares Holten, darüber geriet sie ganz aus dem Häuschen. »Siehst du, liebste Ilse«, sagte sie zu ihrer alten Freundin, »das versöhnt mich mit dem Leben. Du weißt, welch dichterische Gabe ich besaß, wie ich sozusagen zu großen und schönen Dingen vorherbestimmt war, und wie meine Seele durch die Prosa meines Lebens gelitten hat. Ich habe mich gefügt; als ich meine Schwingen nicht so entfalten durfte, wie ich ersehnte, habe ich sie kampfesmüde eingezogen. Meinem guten, prosaischen Mann war ich eine treue Gefährtin. Ich erfüllte meine Pflicht, und nun werde ich belohnt. Mein Liebling, das Kind, das meinen Namen trägt, in dessen jugendlicher Seele meine Dichternatur wieder aufblüht, wird sich mit einem Künstler verbinden, einem nach hohen Idealen strebenden, schöpferischen Genie. Nun kann ich ruhig sterben – ich habe nicht umsonst gelebt.«
Ilse hielt es nicht für nötig, auf diesen Wortschwall viel zu erwidern, noch Flora daran zu erinnern, daß Gustav bis jetzt noch kein schöpferisches Genie genannt werden konnte. Sie lachte nur bei dem Gedanken, wie wenig sich ihre alte Pensionsfreundin im Grunde doch verändert hatte, trotzdem das grausame Leben sie einst gezwungen hatte, auf alle Dummheiten zu verzichten und mit der harten Wirklichkeit zu rechnen.
Thusnelda klagte Ilse, daß die kleine Flora noch so viel zu lernen habe; da sei es gut, wenn die jungen Leute noch nicht gleich heirateten, denn Flora sei, besonders in allem, was den Haushalt betreffe, noch sehr unwissend.
Doch Ilse, die selbst nie mit besonderer Lust und Liebe gewirtschaftet hatte, fand diese Sorge überflüssig. »Die Führung des Haushaltes lernt sich von selbst«, sagte sie.
Thusnelda wagte nicht, Frau Gontrau zu widerspre-

chen, aber in ihrem Herzen dachte sie, daß Ilse immer Glück gehabt haben müsse.

Die Familie Reicher und Flora Werner reisten zuerst ab. Agnes und Ludwig benahmen sich tadellos bei der Trennung. Der Ort, wo der junge Leutnant in Garnison stand, war nicht weit entfernt, so daß er sicher jeden Monat einmal herüberkommen konnte.

Die kleine Flora dagegen zerfloß in Tränen, so daß ihr Onkel Heinz spöttisch vorschlug, sich bei der städtischen Wasserversorgung anstellen zu lassen. Hundertmal fragte sie Gustav, ob er sie auch nicht vergessen werde; und als sie sich endlich aus seinen Armen lösen mußte und die Abteiltür geschlossen wurde, fiel sie schluchzend Großmutter Werner um den Hals. Diese allein verstand sie und bemühte sich, sie mit leisen Worten zu trösten.

Der einzige, der sich freute, wieder an seine Arbeit gehen zu können, war Hans. Er besaß keine rührsame Natur, und wenn er auch wußte, daß es ihm nie gelingen würde, Irma zu vergessen, da er nun einmal nicht anders konnte, als das kleine, kokette Ding zu lieben, so war es doch nicht seine Art, sich seinem Kummer hinzugeben. Er sehnte sich nach dem einzigen Mittel, seine Enttäuschung zu überwinden, nach ernster, rastloser Arbeit. Mit heiterer Miene hatte er Abschied genommen. Als die Reihe an Irma kam, drückte er ihr Händchen so kräftig in seiner großen Faust, daß er ihr weh tat, und sagte mit eigentümlich bebender Stimme: »Sie wissen, Irma, was ich gehofft habe. Es hat nicht sein sollen, und ich muß trachten, mich darein zu ergeben. Aber um eins will ich Sie bitten: Denken Sie ab und zu daran, daß Ihnen ein treuer Freund lebt, der alles opfern würde, um Sie glücklich zu machen.«

Irma wollte entrüstet auffahren, vermochte es aber nicht; zu ihrem großen Ärger fühlte sie einen Schmerz in ihrem Herzen, und das unbestimmte Gefühl, als

habe sie etwas sehr Kostbares verspielt, bemächtigte sich ihrer, freilich nur einen Augenblick lang, dann tastete sie mit der Hand an ihr Kleid, wo ein rosa Briefchen verborgen war, und mit stolz erhobenem Haupt und leuchtenden Augen schaute sie Hans nach.
Am nächsten Tag reisten auch Holtens ab, und nun fing für Ilse und Irma wieder das alte ruhige Leben an, das sie vor der Ankunft der amerikanischen Familie geführt hatten.

Es war Oktober geworden. In Ilses kleinem, an den großen Eßsaal grenzenden Wohnzimmer brannte schon ab und zu ein lustiges Feuerchen, denn die Nachmittage wurden kalt. Die alte Dame saß gerne mit einem Buch am Kamin, und wenn sie aufgehört hatte zu lesen, starrte sie in die Flammen und ließ die Bilder der Vergangenheit an sich vorüberziehen.
An solch einem gemütlichen Nachmittagsstündchen trat Irma ein, um der Großmama Lebewohl zu sagen. Sie sah bildschön aus in dem dunkelblauen Tuchkostüm, das ihre zarte Gestalt knapp umschloß, und dem hübschen, an einer Seite umgeschlagenen Hut mit der weißen Feder.
»Gehst du aus, Kind?«
»Ja, Großmama, wenn du's erlaubst.«
»Wohin?«
»Ach, ich weiß nicht! Ein bißchen spazieren.«
Die Großmutter schaute sie an. »Und dafür hast du dich so schön gemacht?«
Das junge Mädchen wurde rot. »Ach, bei diesem köstlichen Herbstwetter wollte ich mein neues Kostüm doch einmal an die Luft bringen!«
Ilse drohte mit dem Finger: »Jungfer Eitelkeit«, neckte sie. »Na, lauf nur! Aber es ist doch besser, du holst Agnes oder Maud zum Spazierengehen ab; allein finde ich's nicht ganz passend.«

»Ich weiß nicht, ob sie zu Hause sein werden«, murmelte Irma und lief dann, um weiteren Einwendungen zuvorzukommen, mit einem hastigen: »Auf Wiedersehen, Großmama!« rasch zur Tür hinaus.

Auf der Straße tat sie einen tiefen Atemzug, schlug aber nicht den Weg zum Haus Onkel Müllers ein. So rasch sie konnte, ging sie, sich ab und zu scheu umsehend, durch einige Gassen, bis sie die Stadt im Rücken und die große Landstraße vor sich hatte. Hier war es still. Nur das Sausen des Oktoberwindes in den hohen Bäumen und das Gerassel des dürren Laubes war zu hören. Von dem schnellen Gehen ermüdet, verlangsamte Irma ihren Schritt. Ängstlich spähte sie umher. Was sie tat, war nicht recht, das wußte sie, aber ihr blieb keine Zeit, darüber nachzudenken, denn dort, aus einem Gebüsch am Weg, sah sie die schlanke Gestalt Hochsteins hervortreten und eilig näher kommen.

In der ersten Verwirrung wollte sie fortlaufen; aber als ob Otto ihre Gedanken erriet, war er mit ein paar raschen Sprüngen neben ihr und ergriff ihre Hand.

Hochstein betrachtete sie, und ein Gefühl des Stolzes erfüllte ihn, daß dieses wunderschöne junge Geschöpf endlich eingewilligt hatte, ihm heimlich hier draußen an diesem einsamen Ort ein Stelldichein zu gewähren.

»Meine teuerste Irma«, flüsterte er, »wie soll ich dir danken, daß du gekommen bist!«

»Ich tue es nie wieder!« stöhnte sie. »Ich habe Großmama belügen müssen, und das ist schändlich.«

»Aber du tatest es doch um meinetwillen? Du hast mich doch ein ganz klein wenig lieb, nicht wahr?«

Er schaute sie mit seinen samtschwarzen Augen so flehend an, daß sie nicht anders konnte, als leise zu stammeln: »Ja, sehr lieb.«

Als er aber den Arm um sie schlingen und sie an sein Herz ziehen wollte, entwand sie sich ihm.

»Warum darf ich dir denn nicht einmal einen Kuß geben, Irma, wenn du mich doch liebst und meine Braut bist?«

»Nicht eher, als bis wir wirklich verlobt sind und jeder es weiß«, erwiderte sie. »Warum kann ich denn nicht, wie Agnes und Flora es taten, Großmama und meinen Eltern alles erzählen?«

»Mein Liebling, hast du mir nicht selbst geschrieben, daß du gerade dieses Geheimnis, um das nur wir zwei wissen, so herrlich findest?«

»Ja, aber nun finde ich es nicht mehr herrlich«, schmollte Irma. »Es ist nicht recht, das fühle ich. Ich weiß, Großmama würde es nicht billigen, und ich will nicht mehr in dieser Weise mit dir zusammenkommen.«

Ottos dunkle Augen funkelten unheildrohend, und er biß sich auf die Lippen, um seinen Ärger zu verbergen. Aber er verstand es meisterhaft, sich zu beherrschen, und erwiderte niedergeschlagen: »Dann machst du mich tief unglücklich.«

»Laß mich doch Großmama alles sagen! Du kennst sie nicht; sie ist nicht streng, und ich kann von ihr verlangen, was ich will.«

Er schüttelte den Kopf, dann schob er seinen Arm durch den ihren und zwang sie so, mit ihm auf und ab zu gehen. »Hör zu, Liebste!« begann er. »Du zwingst mich, Dinge zu sagen, die mir peinlich sind. Frau Gontrau würde niemals ihre Einwilligung zu einer heimlichen Verlobung zwischen uns geben.«

»Wenn ich sie darum bitte, tut sie es doch.«

»Aber sie würde darauf bestehen, daß ich meinen Eltern Mitteilung davon mache.«

»Natürlich! Warum willst du das denn nicht?«

»Das ist es ja gerade, Irma. Sie würden ihre Zustimmung nicht geben und sich auf jede mögliche Weise bemühen, uns zu trennen.«

Stolz hob Irma ihr reizendes Köpfchen und schaute ihn herausfordernd an. »Aus welchem Grund? Bin ich ihnen nicht gut genug?«
»Irma!« rief er leidenschaftlich. »Du bist das schönste, das entzückendste Wesen von der Welt, und für mich wirst du das ewig bleiben. Aber ich wünschte, ich wäre ein armer Teufel, zu dem du dich herablassen müßtest.«
Sie schaute ihn fragend und errötend an.
»Meine Eltern sind sehr stolz«, fuhr er fort. »Der Schlag würde meine Eltern vor Schreck rühren, wenn sie erführen, daß ich mich mit einem Mädchen verloben will, das nicht sehr reich ist. Sie haben mir bereits eine steinreiche Erbtochter bestimmt.«
»Und du?« fragte Irma atemlos.
»Ich gebe auf das alles nichts und werde das häßliche Fräulein Staufenberg nie heiraten, das verspreche ich dir!«
»Aber dann wird aus unserer Verlobung nichts«, seufzte Irma. »Deine Eltern werden nie ihre Einwilligung geben.«
Er nahm ihre kleinen Hände in die seinen und streichelte sie. »Das werden sie sicher nicht, geliebte Irma, wenn wir sie ohne weiteres mit der vollendeten Tatsache überfallen und erschrecken. Ich muß sie ganz allmählich darauf vorbereiten, und dann werden sie ohne Zweifel nachgeben. Wir müssen warten, das ist alles, worum ich dich bitte. Hast du mich nicht so lieb, um etwas Geduld zu haben?«
»Aber meine Eltern und Großmama!« stammelte Irma.
»Glaube mir, Liebling, durch zu frühes Reden würden wir alles verderben. Wenn du mich liebst, so gelobe mir zu schweigen!«
Irma war sich innerlich bewußt, daß sie nicht recht tat, aber sie vermochte nicht zu widerstehen; sie war von

den äußeren blendenden Eigenschaften Ottos so betört, daß sie ihm schließlich alles versprach, sogar ein Stelldichein in der nächsten Woche.
Solange sie bei ihm war, vergaß sie ihre Bedenken und gab sich dem Glück des Augenblicks hin, aber als sie allein in die Stadt zurückkehrte, konnte sie sich eines Gefühls der Furcht und Beklommenheit nicht erwehren. Zum erstenmal in ihrem Leben tat sie etwas Heimliches, Unaufrichtiges, etwas, das die Ihren niemals gutheißen würden.
Heftig erschrak sie, als in der Nähe ihrer Wohnung Agnes plötzlich auf sie zutrat. »Wo kommst du her, Irma? Ich war bei Großmama; die sagte mir, du hättest mich zu einem Spaziergang abholen wollen. Wie ein Hase lief ich nach Hause, dort hatte ich aber niemand gesehen.«
»Ich bin spazierengegangen«, murmelte Irma.
Sie wurde furchtbar rot, und Agnes schaute sie verwundert und forschend an. »Allein?« fragte sie. »Und du sagst Großmama, daß du mich abholen wolltest!«
»Ich – ich bekam plötzlich Lust, allein zu gehen.«
»Wie komisch du bist. Was hast du? Was bedeutet das? Ich verstehe dich nicht.«
»Mach doch nicht so eine Geschichte daraus!« rief Irma, die in ihrer Verlegenheit plötzlich sehr reizbar wurde und nicht mehr wußte, wie sie sich herausziehen sollte. »Geht's dich etwas an, wenn ich einmal allein spazierengehen will? Dir hab' ich doch keine Rechenschaft abzulegen!«
»Aber Irma!« sagte Agnes, im höchsten Grad erstaunt und gekränkt.
Schweigend schritten sie nebeneinander her. Agnes war zu entrüstet, um zu sprechen, aber als sie eine Weile später verstohlen nach ihrer Kusine schaute, sah sie, daß diese zitterte und ihr die Augen voll Tränen standen. Sofort fühlte sie ihren Zorn schwinden.

»Irma«, begann sie freundlich, »sag mir doch, warum du so betrübt bist. Ich bin deine Freundin, mir kannst du vertrauen.«
Zum Glück befanden sie sich in einer stillen Straße, denn Irma konnte ihre Tränen nicht mehr zurückhalten. »Ich kann nicht, Agnes«, stammelte sie.
Die andere forschte nicht weiter. »Komm mit zu mir!« bat sie. »Die Eltern und Maud sind ausgegangen. In unserem Zimmer kannst du dich erholen.«
Irma folgte willig. Als sie in dem gemütlichen, hellen Mädchenstübchen saßen, küßte Agnes ihre Kusine und fragte noch einmal teilnehmend: »Kannst du mir wirklich nicht sagen, was dir fehlt, Liebling?«
»Ich kann nicht, ich darf nicht.«
Agnes schwieg.
»Gelobst du mir bei allem, was dir heilig ist, keinem Menschen ein Sterbenswörtchen zu sagen?« flüsterte Irma.
»Das versteht sich doch von selbst: ich bin doch deine Freundin.«
»Auch Ludwig nicht?«
Agnes zögerte. »Ist's etwas, was mich gar nichts angeht, Irma?«
»Es geht einzig und allein mich an.«
»Nun, dann werde ich auch Ludwig nichts sagen.«
Irma legte ihr Köpfchen an Agnes' Schulter und begann flüsternd ihre Erzählung, wie sie schon bei dem Ausflug gemerkt hatte, daß Hochstein sie sehr reizend finde, wie er einige Tage später an sie geschrieben und ihr seine Liebe bekannt, und wie sie nach Verabredung, eine rote Rose im Gürtel, am Fenster stehend, ihm ihre Gegenliebe verraten habe. Auf sein wiederholtes Schreiben und dringliches Bitten habe sie nach schwerem Gewissenskampf in ein Stelldichein gewilligt und ihn heute nachmittag auf der Landstraße im Wald getroffen.

Agnes' Gesicht verdüsterte sich immer mehr, aber sie sagte nichts. Erst als sie hörte, was die Liebenden heute beschlossen hatten, rief sie entrüstet: »Aber Irma, wie konntest du das tun!«
»Ich weiß, daß es schlecht war«, schluchzte das arme, kleine Ding, »aber ich habe Otto so lieb! Du liebst Ludwig doch auch und mußt daher mit mir fühlen können. Hättest du denn nicht ebenso gehandelt?«
»Ich?« rief Agnes. »Wahrscheinlich hätte ich ihm eine Ohrfeige gegeben, ganz gewiß aber ihm den Rücken gekehrt. Was bildet er sich ein? Wie darf er es wagen, dir geradezu zu sagen, daß du ihm nicht ebenbürtig bist!«
»Aber bedenke doch, die Hochstein! Er steht weit über mir.«
»Welch ein Unsinn!« entgegnete Agnes heftig. »Laß ihn auf den Mond gehen! Welcher verständige Mensch legt in unsern Tagen Wert auf so etwas? Damit sollte er uns in Amerika kommen! Er über dir stehen! Du bist im Gegenteil unendlich erhaben über ihn, du, das Kind so genialer Eltern. Was haben seine Eltern wohl je geleistet?«
»Er denkt gewiß ebenso. Wirklich. Otto hat keine Vorurteile, aber seine Eltern sind doch nun einmal so furchtbar stolz.«
»Sprich mir nicht von Stolz! An deiner Stelle wäre ich viel zu stolz, mich in eine Familie einzudrängen, die es wagte, auf mich herabzusehen.«
Irma seufzte; sie hatte gehofft, Agnes würde die Sache ganz anders auffassen, mehr mit ihr übereinstimmen und sich wohl gar geschmeichelt fühlen, daß Otto ihrer Kusine seine Liebe gestanden hatte. Die nüchterne, praktische Art, mit der die Amerikanerin diesen für Irma doch so bedeutungsvollen Fall behandelte, enttäuschte sie sehr. Nirgends sah sie Hilfe, nirgends einen Ausweg, und sie fing wieder an zu weinen.

Tränen waren etwas so Ungewohntes bei der sonnigen, lustigen kleinen Irma, die immer lachte und von jedem auf Händen getragen wurde, daß Agnes plötzlich großes Mitleid mit ihrer Freundin fühlte. »Weine nicht, Liebling!« sagte sie zärtlich. »Ich sehe ein, daß es hart für dich ist, aber so kann die Sache nicht weitergehen. Du mußt ihm schreiben, daß du keine heimlichen Zusammenkünfte mehr mit ihm haben willst. Es ist unverzeihlich, daß du es schon einmal getan hast, aber geschehene Dinge sind nicht mehr ungeschehen zu machen. Es ist seine Pflicht gegen dich, sofort deinen wie seinen Eltern ein offenes Geständnis abzulegen. Will er das nicht, so muß zwischen euch alles aus und zu Ende sein.«

»Nein, um nichts in der Welt!« schluchzte Irma. »Ich liebe ihn, und er liebt mich.«

»Seine Forderung beweist das Gegenteil«, versetzte Agnes entrüstet. »Ich bitte dich, du wirst ihm doch kein Stelldichein mehr geben! Versprich mir das!«

Irma schwieg.

»Du darfst es nicht. Und tust du es doch, so sag' ich's der Großmama.«

»Das wäre garstig von dir; du hast mir versprochen, es keiner Menschenseele zu verraten.«

»Ja, das ist wahr. Nun, ich werd's auch nicht tun, du kannst mir vertrauen, aber Irma, du handelst sehr unbesonnen.«

»Es wird schon alles recht werden«, meinte das junge Mädchen in dem Wunsch, ihren Otto und sich zu verteidigen. »Er sagt, die Heimlichkeit werde nicht lange dauern, und er ist so edel, so feinfühlig. Du mußt doch zugeben, Agnes, daß ich mein Wort nicht brechen kann, ich hab's doch versprochen.«

Agnes war durchaus nicht einverstanden, merkte aber, daß Irma nicht zu überzeugen war. Auch überlegte sie, daß, wenn sie ihrer Empörung über Otto Hochsteins Verhalten zu sehr Luft machte, Irma ihr das Vertrauen entziehen würde. Und es war doch besser, daß jemand die unvorsichtigen Handlungen Irmas kannte, um sie warnen und überwachen zu können. Daher tröstete sie die Weinende, so gut es ging, und gelobte aufs neue, das Geheimnis treu zu bewahren.

Etwas erleichtert und beruhigt ging Irma nach Hause, wo sie sich in ihrem Leichtsinn einredete, keine Unwahrheit zu sprechen, als sie auf Ilses Frage, ob sie bei Müllers gewesen sei, um Agnes abzuholen, mit einem »Ja, Großmama« antwortete.

Einige Tage später kam Nachricht von Holtens aus München. Gustav, dessen Name immer bekannter wurde, hatte sich um den Posten eines Lehrers am Konservatorium in einer Nachbarstadt beworben und die Stelle erhalten. Das war für einen jungen Mann von dreiundzwanzig Jahren ein großes Glück. In sechs Wochen mußte er das Lehramt bereits antreten, und seine Hochzeit sollte so bald wie möglich stattfinden, denn er wollte das neue Leben nicht ohne Flora beginnen.

Großmutter Ilse schüttelte den Kopf. »Sie sind ja beide noch Kinder! Die sollen schon heiraten? So unerfahren, wie sie sind!«

»Aber du warst doch auch sehr jung, als du heiratetest, Großmama«, wandte Irma ein.

»Ja, mein Kind, aber dein Großvater war ein anderer Mann als Gustav, der ganz in seiner Kunst aufgeht und vom praktischen Leben keinen Schimmer hat. Und Flora?«

»Es wird schon gehen«, meinte Irma, die über die Nachricht sehr glücklich war. Die Aussicht, daß ihr Bruder so nahe wohnen und sie dadurch Gelegenheit haben würde, oft in die Universitätsstadt zu fahren, war himmlisch. Auf diese Weise würde es viel leichter sein, Otto öfter zu sehen.

Als sie Agnes von diesem Glücksfall Mitteilung machte, schüttelte das praktische, kluge Mädchen den Kopf. »Es ist und bleibt verkehrt, und überdies, wenn Gustav dort wohnt, wird er bald etwas merken.«
»Gustav, der merkt nichts! Du weißt doch, wie verträumt er immer ist. Glaubst du, daß er überhaupt noch an etwas anderes denken kann als an seine Musik und an Flora?«

Die junge Braut kam nun wieder mit ihrer Mutter zu Gontraus auf Besuch, um alles für ihre Aussteuer zu besorgen. Irma ging oft mit und fand dann ab und zu Gelegenheit, Hochstein zu sehen. So geschah es, daß die Kleine – bisher die Ehrlichkeit und Aufrichtigkeit selbst – Schritt für Schritt weiter in den Irrgarten der Lüge und des Betruges hineingeriet. Es kostete sie keine große Mühe mehr, ihre aufsteigenden Zweifel und Gewissensbisse zu beschwichtigen und mit sich selbst Frieden zu schließen. Auch gab Otto ihr immer von neuem die Versicherung, daß sie durchaus nichts Unrechtes tue, indem sie vor ihrer Großmutter und ihren Eltern etwas verbarg. Er verstand es, sehr besorgt und schön über Frau Gontrau zu reden, die doch schon alt sei und sich ganz unnütze Sorgen machen würde, wenn sie wüßte, daß seine Eltern noch nicht ihre Einwilligung zur Verlobung gegeben hätten. Und Irmas Eltern, die so fern von ihr weilten, würden sich auch unnötig aufregen. Es war doch viel besser, zu schweigen, bis die Geschichte ganz in Ordnung käme, und daß dies bald geschähe, daran brauchte Irma doch nicht zu zweifeln. So beruhigte sie sich immer wieder und fuhr fort, wissentlich unrecht zu tun, wobei sie sich trotzdem glücklich fühlte.
Flora und Gustav sollten kurz vor Weihnachten heiraten. Die ganze Familie begab sich zu dem Fest auf das Landgut, wo Flora Werner wohnte.

Ilse war wehmütig bewegt, als sie das Haus wieder betrat, wo sie vor vielen Jahren als junge Frau mit Nellie zu Gast gewesen war. Wie anders als damals sah jetzt alles aus! Der Besitz war in den letzten Jahren unter der Oberleitung von Hans ganz außerordentlich aufgeblüht, und Flora stand auch jetzt noch, wo sie konnte, den Dorfbewohnern mit Rat und Tat bei, wenn sie auch nicht mehr so tätig war wie früher. Ab und zu schrieb sie auch noch Verse, und am Hochzeitsmorgen überraschte sie die junge Braut mit einem langen Gedicht, das sie in der Nacht verfaßt hatte. Es kam darin viel von Liebe und Kunst und herrlichem Beruf vor, von Lorbeeren, die der Künstler ernte und die er seinem angebeteten Weib zu Füßen legte. Die kleine Flora verstand zwar nicht viel davon, fand es aber doch sehr schön.

In vollem Glanz stieg die Wintersonne am Hochzeitstag des jungen Paares empor. Die enge Dorfstraße, die der Festzug durchschreiten mußte, wimmelte von Menschen. Fast aus jedem Haus wehte eine Fahne, und hier und da waren Ehrenpforten aus Tannengewinden errichtet, mit bunten Papierrosen verziert. Bäume, Felder und Wiesen hatten sich in ein weißes Feierkleid gehüllt. Die goldenen Sonnenstrahlen spielten auf dem Schnee und streuten glitzernde Diamanten darüber aus. An den funkelnden Farben, die sich über die blendendweiße Welt ergossen hatten, konnte sich das Auge nicht satt sehen. Das Innere der kleinen Dorfkirche im Lichterglanz und Blumenschmuck war wie ein Feenmärchen.

Fast noch Kinder, standen Gustav und Flora vor dem Altar, die junge Braut in einem einfachen weißen Kleid, die grüne Myrtenkrone auf dem goldschimmernden Haar, und der schlanke Bräutigam mit verzücktem Blick und träumerischem, ernstem Antlitz.

Die Freunde und Verwandten schienen alle beseelt

von dem innigen Wunsch, das junge Paar möge so glücklich werden, wie es zwei liebende Menschen hier auf Erden nur sein können.

Auch Irma befand sich als Brautjungfer mit im Zug. Ihr Brautführer war ein junger Rechtsgelehrter, ein Freund der beiden Reichers. Eigentlich hätte Hans sie führen müssen, aber seit Irmas Ankunft hatte er nicht den geringsten Versuch gemacht, sich ihr zu nähern. Er war sehr heiter, was sie mit Staunen wahrnahm, während sie in ihrer unbewußten Eitelkeit geglaubt hatte, den armen Hans bedauern zu müssen, weil er hoffnungslos in sie verliebt sei. Er behandelte sie höflich und freundlich, aber von der Verehrung, die er ihr noch vor kurzer Zeit bewiesen hatte, konnte sie nichts mehr entdecken. Sie behauptete zwar, daß ihr das ganz gleichgültig sei, aber im Grunde fühlte sie sich doch verletzt und ärgerte sich. Die Kleine, von allen verwöhnt und bewundert, wußte, daß sie auffallend hübsch war – ihre Umgebung hatte ihr das nur zu oft gezeigt –, aber bis jetzt hatte das noch keinen schlechten Einfluß auf ihren Charakter gehabt. Ihre Koketterie war von unschuldiger Art, aber seit Hochstein ihr eitles Köpfchen mit seinen Redensarten und Schmeicheleien verdrehte, bildete sie sich ein, etwas ganz Besonderes zu sein, und fand es daher nur recht und billig, daß Hans Reicher ihr Sklave und Anbeter bleibe, vielleicht gar an seiner unglücklichen Liebe zugrunde gehe. Wäre er ihr mit einer Liebeserklärung lästig gefallen, würde sie ihn jedenfalls ausgelacht haben, aber geschmeichelt hätte sie sich dadurch doch gefühlt. Da er ihr nun zeigte, daß er ohne sie leben konnte, grollte sie ihm.

Hans war in seinen Gefühlen kein anderer geworden, er begriff jedoch, daß sein Verhalten die einzige Möglichkeit war, auf ein Wesen wie Irma Eindruck zu machen. Von Herzen gern wäre er zu ihr gegangen und hätte sie beschworen, ihm gut zu sein, aber als er ihr reizendes Gesichtchen erblickte, aus dem die kindliche, unbefangene Lieblichkeit verschwunden war, kam ihm sein Stolz zu Hilfe; er erwiderte ihre Sticheleien mit kühler Höflichkeit und wandte sich Maud zu, in deren Gesellschaft er sich jetzt am glücklichsten fühlte.

»Hans ist einer der tüchtigsten jungen Leute, die ich je gesehen habe«, sagte Maud, als sie alle wieder daheim waren. »Er ist ein ganzer Mann, klug und bedächtig, einer, der weiß, was er will, wie mein John auch. Damals im Sommer glaubte ich, er sei ernstlich in dich verliebt, Irma. Wenn du ihn durch deine Koketterie abgeschreckt haben solltest, würdest du mir leid tun, denn nicht jedes Mädchen findet einen solchen Mann.«

Doch vor Irmas Seele tauchte in diesem Augenblick eine schlanke Gestalt auf, vornehm und elegant, mit der verglichen Hans ihr wie ein Bauer erschien. Sie zuckte nur geringschätzig die Achseln, als ob sie sagen wollte: »Ich kann doch wohl noch etwas Besseres bekommen.«

»Kennst du Andersens Märchen vom Schweinehirten, Irma?« fragte Onkel Heinz.

»Nein«, versetzte die Kleine, und da sie auf dem Antlitz des Professors einen spöttischen Ausdruck sah, vor dem ihr unwillkürlich bang wurde, fügte sie hinzu: »Und ich will es auch nicht kennen.«

»Aber ich«, fiel Agnes ein, »ich liebe Märchen über alles. Als wir Kinder waren, wollte Vater jedoch nicht, daß wir Märchen lesen oder hören sollten, Märchen, Balladen, Legenden – in Deutschland mögen sie am Platze sein, für Amerika passen sie nicht.«

»Komm her, Irma«, nahm Onkel Heinz von neuem das Wort, »und höre zu!« Er ergriff die Widerstrebende an den Händen und zog sie näher zu sich.

Die andern lachten über ihr böses Gesicht. Das kleine Fräulein war in letzter Zeit oft so reizbar; aber hier gab es doch wirklich keinen Grund, zornig zu werden.

»Es war einmal«, begann Onkel Heinz.

»Wie abgeschmackt!« schmollte Irma.

»Es war einmal ein armer Prinz. Er besaß ein Königreich, das ganz klein war, aber doch groß genug, um heiraten zu können, und heiraten wollte er. Freilich schien es etwas keck von ihm, daß er gleich zur Tochter des Kaisers sagte: ›Willst du mich haben?‹ Aber er wagte es doch, denn sein Name war weit und breit berühmt; es gab hundert Prinzessinnen, die gern ja gesagt hätten.

Auf dem Grab seines Vaters wuchs ein Rosenstrauch, der blühte nur jedes fünfte Jahr und trug dann auch nur eine einzige Blume, aber diese eine Rose duftete so süß, daß jeder, der daran roch, allen Kummer und alle Sorge vergaß. Der Prinz hatte auch eine Nachtigall, die konnte singen, als ob alle schönen Melodien in ihrer Kehle säßen. Diese Rose und diese Nachtigall sollte die Prinzessin haben, und deshalb wurden sie beide in große silberne Behälter gesetzt und ihr zugesandt.

Der Kaiser und der ganze Hof waren bei der Ankunft der Geschenke zugegen. Aber die Prinzessin war dumm, sie glaubte, Rose und Nachtigall seien künstlich, und als sie sah, daß sie echt waren, fand sie nichts Besonderes daran; sie zertrat die Rose und ließ die Nachtigall fliegen und wollte nicht gestatten, daß der Prinz käme.

Dieser ließ sich jedoch nicht einschüchtern. Er bemalte sich das Antlitz schwärzlich, zog die Mütze tief über die Augen, klopfte an die Tür des kaiserlichen Palastes und fragte, ob er nicht auf dem Schloß einen Dienst bekommen könne.

Doch, hieß es, er könne die Schweine hüten. Er bekam eine jämmerliche kleine Kammer, und da saß er nun den ganzen Tag und arbeitete. Als es Abend war, hatte er einen niedlichen kleinen Topf gemacht. Rings an seinem Rand waren Schellen angebracht, und sobald der Topf kochte, klingelten sie schön und spielten die alte Melodie:

Oh, du lieber Augustin,
Alles ist hin!

›Das Stück kann ich auch spielen‹, sagte die Prinzessin, die des Abends mit ihren Hofdamen spazierenging. ›Fragt einmal den Schweinehirten, wieviel der Topf kostet!‹
›Ich will zehn Küsse von der Prinzessin haben; für weniger tu ich's nicht.‹
Das war ein Schreck! Es wurde gehandelt und gebettelt, aber der Schweinehirt bestand auf seiner Forderung.
›In Gottes Namen!‹ sagte die Prinzessin zu ihren Begleiterinnen. ›Aber ihr müßt um mich herumstehen, damit mich wenigstens niemand sieht.‹
Die Hofdamen umringten sie, breiteten die Kleider aus; der Schweinehirt bekam die zehn Küsse, und sie erhielt den Topf.
Nun machte der geschickte Jüngling eine Spieldose; wenn die aufgezogen wurde, spielte sie alle Walzer und Polkas, die es auf der Welt gab.
›Das ist ja herrlich!‹ rief die Prinzessin. ›Fragt ihn, was er dafür haben will! Aber küssen tu ich ihn nicht wieder.‹
Der Schweinehirt verlangte hundert Küsse. Da ging die Kaisertochter böse fort.
Aber die Spieldose war doch zu wundervoll, und als die Prinzessin einsah, daß der Schweinehirt sie anders

nicht hergab, mußten die Hofdamen wieder einen Kreis schließen, und sie ließ sich küssen.
›Was mag das wohl für ein Auflauf im Schweinestall sein?‹ dachte der Kaiser, der verwundert sah, wie alle Hofdamen auf einem Klümpchen beisammenstanden, und obwohl er noch in Pantoffeln war, lief er eilig hinunter, um zu sehen, was es gäbe.
Sobald er den Hof betrat, ging er ganz leise. Die Hofdamen hatten so viel zu tun, die Küsse zu zählen, daß sie seine Anwesenheit nicht bemerkten. Er erhob sich auf den Zehen und wurde so wütend, als er sah, wie sich seine Tocher von dem Schweinehirten küssen ließ, daß er beiden die Pantoffeln um die Ohren schlug und sie vom Hof jagte.
Da standen sie nun in Regen und Kälte; die Prinzessin weinte, und der Schweinehirt schimpfte. ›Ach, ich unglückliches Geschöpf‹, schluchzte sie, ›hätte ich doch den Prinzen genommen und die Rose und die Nachtigall nicht fortgeworfen! Wie dumm bin ich gewesen!‹
Der Schweinehirt ging hinter einen Baum, wischte sich die Farbe aus dem Gesicht, warf die schlechten Kleider von sich und trat nun im fürstlichen Gewand hervor, so schön, daß die Kaisertochter sich verneigen mußte. ›Ich will nichts mit dir zu schaffen haben‹, sagte er. ›Du wolltest keinen ehrlichen Prinzen heiraten. Die Rose und die Nachtigall hast du verachtet, aber den Schweinehirten konntest du um einer Spielerei willen küssen. Das hast du nun davon!‹
Dann ging er in sein kleines Königreich und schlug ihr die Tür vor der Nase zu. Da konnte sie draußen stehen und singen:

Oh, du lieber Augustin,
Alles ist hin, alles ist hin!«

»Das war sehr hübsch«, meinte Irma mit erzwungenem Lächeln; »ich sehe nur nicht ein, was dieses Märchen mit mir oder mit Hans Reicher zu schaffen hat.«
»Dann bist du gerade so dumm wie die Prinzessin«, versetzte der alte Herr trocken, sie von sich wegschiebend.
Agnes blickte Irma vielsagend an, aber an diesem Abend fand sie keine Gelegenheit, ihre Kusine allein zu sprechen.
Wußte Onkel Heinz am Ende gar, daß sie mit Otto Hochstein im geheimen Briefe wechselte, ihn auch mitunter an einem vorher verabredeten Platz traf? Irma zitterte bei diesem Gedanken. Sie fragte Agnes, was sie davon denke, aber diese meinte, Onkel Heinz ahne nichts. Wäre das nämlich der Fall, so hätte er sicher mit Großmama darüber gesprochen; er sei doch nicht der Mann, so etwas zu verschweigen. Nein, er zog nur seine Schlüsse aus Irmas Benehmen gegen Hans und aus dem, was er beim Ausflug beobachtet hatte. Trotzdem riet Agnes ihr, vorsichtig zu sein, und nahm gleichzeitig nochmals die Gelegenheit wahr, ihr das Unrecht vorzuhalten. Sie bemühte sich, Irma zu überzeugen, daß Otto es unmöglich ehrlich mir ihr meinen könne, wenn er fortfahre zu verlangen, daß sie ihre nächsten Angehörigen so hintergehe. Anfangs hatte er doch nur von einigen Wochen gesprochen, bis es soweit sein würde, daß sie ihrer Großmutter alles erzählen könne; nun waren bereits Monate vergangen, und noch immer verlangte er Schweigen.
Unter Tränen und Seufzen mußte Irma zugeben, daß die Kusine recht habe; aber sie liebe Otto zu sehr, sie könne nicht vom ihm lassen und würde sterben, wenn alles aus sein müßte.
»Unsinn!« wandte Agnes ein. »Daß du großen Kummer haben würdest, will ich glauben, aber an so etwas stirbt man nicht.«

»Wie kannst du so reden? Versetz dich doch an meine Stelle! Würdest du nicht sterben, wenn du Ludwig entsagen müßtest?«
»Nein. Ich würde sehr unglücklich sein, aber ich würde mich bemühen, daran zu denken, daß es noch so viele gibt, die mich lieben: Eltern, Geschwister, Freunde, und daß ich daher nicht das Recht hätte, mich so ganz und gar meinem Schmerz hinzugeben.«
»Ach du«, nahm die Kleine wieder das Wort, »du bist verlobt und bist so kalt, so scheußlich praktisch. Du weißt ja gar nicht, was Liebe ist!«
»Möglich«, versetzte Agnes; »eins aber weiß ich wohl: Wenn Ludwig mich überreden wollte, etwas Unredliches und Schlechtes zu tun, dann würde ich ihn laufenlassen und wissen, daß er nicht der ist, für den ich ihn hielt. Die Versicherung gebe ich dir. Und meinen Kummer würde ich überwinden.«
Irma schwieg. Die widersprechendsten Gedanken stritten sich in ihrem Köpfchen. Sie besaß genug gesunden Verstand, um sich bei ruhiger Überlegung zu sagen, daß Agnes recht habe. Aber Otto war so schön, so unwiderstehlich; er hatte ihr Herz ganz mit Beschlag belegt, und sie, sie glaubte, ihn wahrhaft zu lieben. Wie sehr sie auch an Großmama, den Eltern und den anderen hing, wenn sie Otto aufgeben müßte, würde deren Liebe sie nicht zu trösten vermögen, und dann – der Gedanke, Hochsteins Frau zu werden, war ihr in letzter Zeit immer lieber und vertrauter geworden. Manchmal stellte sie sich bereits vor, wie es sein würde, wenn sie als Ottos Frau ihren Platz in den glänzenden Sälen des Elternhauses einnähme, von dem er ihr solche Wunder erzählte. Sie sah sich als Braut vor dem Altar, nicht im einfachen, weißen Kleid wie Flora, sondern in einem Kleid von Silberbrokat, mit funkelnden Diamanten besetzt.
Es war hart, allen diesen schönen Aussichten Lebe-

wohl zu sagen, noch härter aber, ihren glänzenden Studenten aufzugeben. Und doch, wenn sie sich aus ihren Träumen in die Wirklichkeit zurückversetzte, vernahm sie eine Stimme in ihrem Innern, die ihr zurief, daß ihr nichts andres übrigbleiben werde. Sie seufzte tief und brach aufs neue in Tränen aus. »Aber was willst du denn? Was soll ich tun?« fragte sie endlich, als Agnes sie in ihre Arme zog und sich bemühte, sie zu trösten.

»Ihn zum letztenmal fragen, ob du alles erzählen darfst, und wenn er es nicht zugeben will, unwiderruflich und für immer von ihm Abschied zu nehmen.«

»Ich kann nicht«, stöhnte Irma; »er wird böse werden und mir vorwerfen, daß ich mein Versprechen nicht halte.«

»Wann hast du wieder eine Zusammenkunft mit ihm?«

»Morgen nachmittag.«

»Soll ich an deiner Stelle gehen und ihm sagen, wie der Hase läuft?« fragte Agnes mit einem streitlustigen Gesicht.

»Nein, um Himmels willen nicht! Er weiß nicht, daß du meine Vertraute bist, und würde mir das nie verzeihen.«

Agnes zuckte ungeduldig die Achseln.

Irma weinte noch eine Weile, dann stand sie auf. »Ich will es tun«, sagte sie; »du hast recht, es ist furchtbar, so etwas vor Großmama geheimzuhalten. Aber wenn ich Otto verliere, so sterbe ich gewiß.« Man stirbt nicht so leicht, dachte Agnes, aber sie war klug genug, das nicht zu sagen. »Hör einmal«, sagte sie laut, »ich will morgen mit dir kommen. Hab keine Angst, dein Otto soll mich nicht sehen! Erst wenn Eure Begegnung vorüber ist, wollen wir uns an einem vorher verabredeten Platz treffen und zusammen nach Hause gehen.«

Am folgenden Tag goß es in Strömen, die Straßen waren naß und schmutzig, alles sah trostlos grau und düster aus. Eilig schritten die beiden Mädchen nebeneinander her, bis sie die Landstraße erreichten. Irma hatte fast kein Wort gesprochen und auf alles, was ihre Freundin sagte, nur einsilbig geantwortet. Besorgt schaute Agnes ihre Kusine an. Selbst jetzt, in einen grauen Regenmantel gehüllt, ein einfaches Filzhütchen auf dem Goldhaar, war Irma bildhübsch. Um sie etwas aufzumuntern, scherzte Agnes: »In meinem Regenmantel seh' ich aus, als ob ich in einem Sack steckte, deiner steht dir großartig, wie alles, was du anziehst.«
Selbst diese Schmeichelei, für die Irma sonst nicht unempfindlich gewesen wäre, lockte kein Lächeln auf ihre Lippen. Ihre Mundwinkeln bebten, und sie kämpfte sichtlich mit den Tränen.
»Nur Mut, nicht verzagt!« tröstete Agnes. »Vielleicht läuft die Sache gut ab. Wenn du ihm gehörig ins Gewissen redest, sieht er wahrscheinlich selber ein, daß er nicht recht tut. Wer weiß, ob er dir nicht erlaubt, noch heute deinen Eltern zu schreiben und Großmama alles zu sagen; dann wird in den nächsten Tagen deine Verlobung angezeigt, und du gehst mit deinem schönen Otto Arm in Arm einher.«
Irma antwortete nichts. Der Ton, in dem Agnes über Otto sprach, ärgerte sie, aber sie fühlte sich zu unglücklich, um sich in ein Wortgefecht einzulassen.
Sie hatten schon ein gutes Stück Weges zurückgelegt. Kein Mensch ließ sich auf der Landstraße blicken. Die kahlen Bäume tropften vor Nässe, der Boden war durchweicht und schlüpfrig. Agnes mußte leise lächeln. Kein poetisches Wetter für ein Stelldichein, dachte sie und hatte Lust, einige spöttische Bemerkungen zu machen, bezwang sich aber, blieb stehen und sagte nur: »Ich kehre um, Irma, denn Hochstein kann

jeden Augenblick erscheinen. Bei diesem Wetter habe ich keine Lust, hier draußen auf dich zu warten. Ich gehe in die Konditorei Bauer. Komm mir nach, sobald du kannst!«

»Ja.«

»Wirst du's kurz machen?«

»Ja.«

»Und tapfer sein?«

»Ja.«

Agnes seufzte, gab ihrer Kusine einen Kuß und entfernte sich rasch, denn sie glaubte in der Ferne die Gestalt Hochsteins zu erkennen. Nach einigen Minuten schaute sie sich um. Ein Gartenzaun entzog sie den Blicken der beiden, sie selbst aber konnte deutlich sehen, wie Irma und der Student unter einem Regenschirm zusammen weitergingen, bis sie im nahen Wäldchen verschwanden.

Bedrückt begab sich Agnes in die Konditorei. Zum Glück waren keine Gäste dort. Sie setzte sich ans Fenster und bestellte Schokolade und Kuchen. Irma würde gewiß verfroren und betrübt ankommen, und ein warmes Getränk würde ihr guttun. Wenn sie jetzt nur tapfer war und fest blieb, dann nahm diese ganze elende Geschichte ein Ende! Agnes fühlte sich sozusagen mitschuldig an dem Betrug, weil sie Schweigen gelobt hatte und doch einsah, daß sie ihr Wort nicht brechen durfte.

Während sie bei sich das Für und Wider überlegte, verging die Zeit. Sie sah nach der Uhr, eine halbe Stunde war schon verstrichen. Die Schokolade wurde kalt, sie wollte frische bestellten, wenn Irma kam. Nein, wie lange dauerte das! Ob sie Abschied nahmen? Agnes fing an, unruhig zu werden und stand im Begriff, sich zu dem Ort des Stelldicheins zu begeben. Da knarrte die Ladentür. Gott sei Dank! Irma trat ein mit strahlendem Gesicht und glänzenden Augen.

Agnes flog ihr entgegen. »Ich brauche nicht zu fragen«, rief sie. »Alles ist gut?«
Irma nickte, setzte sich an den Tisch und nahm sofort von dem Kuchen.
Agnes freute sich aufrichtig. Otto stieg in ihrer Achtung, und sie bereute, daß sie ihm in ihren Gedanken oft unrecht getan hatte. »Du mußt vergessen, daß ich an Otto zweifelte und sagte, er meine es nicht gut mit dir. Ich sehe, daß ich mich geirrt habe«, bekannte sie.
»Er ist ein Engel«, versetzte Irma; »wenn du ihn später kennenlernst, wirst du das selber finden.«
»Nun, das ist ja nicht gerade nötig. Aber nun erzähle, wie es war! Fand er's gleich in Ordnung, daß die Heimlichkeit aufhören soll? Hat er wohl gar schon mit seinen Eltern gesprochen? Wann wird eure Verlobung veröffentlicht?«
Irma hatte den dritten Kuchen verzehrt, schob nun den Teller zurück und rührte nachdenklich in der Schokolade. »Otto sieht sehr wohl ein, daß dieser Zustand auf die Dauer unhaltbar ist«, begann sie, »daher begreift er auch, daß ein Ende damit gemacht werden muß.«
»Recht so! Ich fürchte nur, Irma, Großmama wird doch ein bißchen böse auf dich sein; aber du bist ihr Liebling, da wird sie's schon verzeihen. Du sagst es ihr doch natürlich noch heute?«
»Nein, heute nicht.«
»Was?« Agnes fiel wie aus den Wolken.
»Nein«, fuhr Irma etwas nervös und gereizt fort. »Du brauchst dich nicht gleich zu ereifern. So rasch geht das nicht. Otto muß erst eine günstige Gelegenheit abwarten, seine Eltern vorzubereiten.«
»Du meine Güte, Irma, was hat er dir denn wieder vorgeflunkert? Das ist ja immer die alte Leier!«
»Die alter Leier! Du hast selbst gesagt, daß du Otto unrecht getan hast; nun fängst du schon wieder an.«

»Ich höre«, versetzte Agnes mit einem Gesicht, auf dem Ungeduld und Entrüstung deutlich zu lesen standen.
»In drei, höchstens vier Monaten legt Otto seine Prüfung ab. Daß er durchkommt, ist sicher; er ist ja so klug. Seine Eltern werden riesig erfreut sein, denn in den ersten Semestern hat er viel gebummelt und wenig studiert. Wenn er durchkommt, kann er von seinen Eltern verlangen, was er will; dann will er ihnen alles sagen, und es besteht kein Zweifel, daß sie ihre Einwilligung geben werden.«
»Und in der Zwischenzeit?«
»Bleibt natürlich alles, wie es ist. Was bedeuten drei bis vier Monate? Da wir wissen, daß es nur noch so kurze Zeit dauert, wäre es doch mehr als dumm, alles durch zu frühe Veröffentlichung aufs Spiel zu setzen.«
Agnes sagte nichts. Sie stand auf und bezahlte, was sie verzehrt hatten. Dann setzte sie sich noch einmal, schwieg aber.
»Warum sagst du nichts?« fragte Irma endlich mit bedrückter Miene.
»Ach, du lieber Augustin, alles ist hin, alles ist hin!« sang die andere.
»Agnes«, rief Irma zornig, »du bist unausstehlich!«
»Bin ich? So? Nun, dann wollen wir nur nach Haus gehen, mein armes, dummes Prinzeßchen!«
Die Kleine war sehr böse. Mit stolz erhobenem Haupte schritt sie neben ihrer Kusine her und sagte ihr sehr kühl Lebewohl, als sie an ihrer Wohnung angelangt waren.
Einige Tage später erhielt Frau Gontrau einen Brief von ihrem Enkelsohn Gustav Gontrau, mit der Bitte, ihm Irma doch einige Wochen auf Besuch zu schikken. Er selbst sei durch seine rege Besuchstätigkeit viel von zu Hause fort, und seine noch so wenig an das Stadtleben und die neue Umgebung gewöhnte Frau

fühle sich ein bißchen einsam. Es wäre daher herrlich, wenn sie für eine Zeitlang Gesellschaft bekäme.
Das Blut stieg Irma in die Wangen, und ihre Augen glänzten vor Freude. Welch herrliche Aussicht, bei Flora auf Besuch zu sein und dort vielleicht Otto häufig zu begegnen!
»Möchtest du gern hin, Kind?« fragte Ilse.
»Ach, wie gern, Großmama! Aber dann bist du so allein!«
»Das tut nichts! Ich kann mich schon beschäftigen, und seit Müllers hier wohnen, habe ich ja immer Gesellschaft.«
»Das ist wahr. Agnes und Maud können dich alle Tage besuchen.«
»Gewiß, mein Liebling, und dann ist noch Onkel Heinz da; so wird mir's an Unterhaltung nicht fehlen. Ich glaube, daß es auch für dich heilsam ist, einmal in andere Umgebung zu kommen, Irma, denn du siehst in letzter Zeit nicht gut aus; du hast dich überhaupt sehr verändert.«
»Aber Großmama!« sagte die Kleine mit erzwungenem Lächeln und klopfendem Herzen.
Ilse streichelte die blonden Locken ihrer Enkelin und küßte sie. »Du hast doch nichts, was dich bekümmert?«
»Gewiß nicht, Großmama; wie kommst du nur darauf?«
»Ich beobachte dich, mein Liebling, und finde, daß du oft so sonderbar bist. Weißt du, was ich mir einbildete?«
»Nein, wie sollte ich das wissen?«
»Daß der schöne Student, der auf unsrem Ausflug aufs Land so aufmerksam gegen dich war, tieferen Eindruck auf dich gemacht hat, und daß du dich unglücklich fühlst, weil er seitdem nichts mehr von sich hören ließ.«

Im Zimmer herrschte Dämmerung, und Irmas Köpfchen lag an Ilses Schulter. So konnte Großmama die Schamröte nicht sehen, welche die Wangen der Enkelin bedeckte, als diese zögernd erwiderte: »Aber, Großmama, wie hast du dir nur so etwas in deinen Kopf setzen können!«

»Nicht wahr, Kindchen? Sie haben mir bange gemacht. Onkel Heinz und deine Mama, die in jedem Brief fragte, ob ich nichts von jenem Studenten gesehen habe. Und dann, wie ich schon erwähnte, warst du mitunter so sonderbar. Aber ich glaube, wenn es so wäre, würde mein Kind mir's doch sagen, denn, nicht wahr, Irma, du hast Vertrauen zu mir und läßt mich an deiner Freude wie an deinem Kummer teilnehmen?«

»Natürlich, Großmama.«

»Also war's nur eine vorübergehende Verliebtheit. In Wirklichkeit hast du dir nie etwas aus Otto gemacht?«

»Nein.«

»Ich bin so froh darüber und fühle mich nun ganz beruhigt. Daraus hätte doch nie etwas werden können. Die Hochsteins halten sich ja für ganz besonders vornehm. Ich bin dankbar, mein Liebling, daß dir dieser Kummer erspart geblieben ist.«

Irma begab sich in ihr Zimmer, warf sich auf ihr Bett und schluchzte, als sollte ihr das Herz brechen. Sie kam sich so schlecht vor, daß sie Ekel vor sich selber empfand und im Begriff stand, wieder hinunterzugehen und ihre Schuld zu gestehen. Aber dann fiel ihr ein, wie Otto gesagt hatte, daß dies unwiderruflich alles verderben würde. So beschwichtigte sie ihr Gewissen, indem sie sich vorhielt, es werde ja doch nur ein paar Monate dauern. Dann durfte sie alles beichten und um Verzeihung bitten, daß sie die gute Großmama in dieser Weise hatte hintergehen müssen.

Als Irma aus dem Abteil stieg, schaute sie sich überall nach Gustav und Flora um, aber niemand war zu erblicken. Etwas enttäuscht nahm sie sich einen Wagen und ließ sich zu der kleinen, dicht vor der Stadt gelegenen Villa fahren, die ihr Bruder bewohnte.

Es war ein schöner Tag Ende Februar; wie holde Frühlingsahnung zog es durch die Luft. Hier und da fingen einige geschützt stehende Büsche an zu knospen, und in dem Gärtchen vor dem Haus blühte gelber und lila Krokus. Die Villa sah sehr hübsch aus; von dem hell gestrichenen Giebel hob sich der Fenster und Türen umrankende Efeu malerisch ab.

Irma klingelte, mußte aber lange warten; erst als sie zum zweitenmal die Glocke zog, wurde geöffnet, und eine mürrische Stimme brummte: »Es wird doch wohl nicht so große Eile haben; ich komm' schon.«

Eine dicke Dienstmagd in den Fünfzigerjahren, mit aufgedunsenem, frechem Gesicht, pechschwarzem Haar und einem Anflug von Schnurrbart auf der Oberlippe wurde sichtbar. Sie trug ein dunkles Wollkleid, aus dessen kurzen Puffärmeln die drallen, feuerroten Arme zum Vorschein kamen. Der Boden dröhnte unter ihren Schritten, und sie hatte ganz und gar das Aussehen eines verkleideten Dragoners.

»Ist die gnädige Frau zu Hause?« fragte Irma erschreckt und kleinlaut beim Anblick dieser martialischen Erscheinung.

»Jawohl.«

»Sagen Sie ihr, daß ich angekommen bin, Irma Holten, die Schwester des Herrn.«

»Nicht nötig.« Damit deutete sie auf eine Tür am Ende des Gangs.

Diesem gebieterischen Wink gehorchend, beeilte sich Irma, an die bezeichnete Tür zu klopfen. Kein »Herein« ertönte; sie schaute sich hilflos um, aber das Mannweib war verschwunden. Irma öffnete, prallte indes sofort zurück, denn das ganze Zimmer war mit Rauch erfüllt; der Qualm trieb ihr Tränen in die Augen und reizte sie zum Husten. Als sie nach einigen Augenblicken zögernd eintrat, konnte sie ein geräumiges Gemach unterscheiden, mit eleganten, ganz modernen Möbeln. Sie sah Vorhänge und Wandbekleidungen von hellgrüner Seide, mit stilisierten Blumen durchwirkt, überall in künstlerischer Unordnung durch den ganzen Raum verstreut Büsten, Bilder und Kunstwerke jeder Art. Was Irma aber am meisten in Erstaunen setzte, war Flora selbst, die vor dem Ofen kniete und augenscheinlich die verzweifeltsten Anstrengungen machte, Feuer anzuzünden; es wollte nicht brennen, dicke blaue Rauchwolken stiegen aus den Steinkohlen in die Höhe und hüllten die junge Frau vollständig ein. »Um Himmels willen, Flora, was treibst du da?« rief Irma.

Die Angerufene drehte sich beim Anblick ihrer Schwägerin ganz entsetzt um. »Ach Gott, ist's schon so spät? Ich wollte dich von der Bahn abholen und habe gar nicht auf die Zeit geachtet. Was soll ich nun machen? Das eklige Feuer will und will nicht brennen.«

»Eine nette Begrüßung!« meinte Irma lachend. »Komm aber wenigstens her und gibt mir einen Kuß, und dann wollen wir das Fenster aufreißen, denn in diesem Rauch ersticken wir ja!«

»Wenn ein Luftzug hereinkommt, werden die Kohlen erst recht nicht anbrennen.« Sofort kehrte Flora zum Ofen zurück.

»Aber Kind, warum rufst du nicht das Mädchen?«

»Ach, Irma, ich getrau' mich nicht! Vor ein paar Stunden brannte das Feuer ganz gut; ich habe vergessen, danach zu sehen, und nun wage ich nicht, sie noch einmal zu bemühen. Sie würde böse werden, und ich habe solche Angst vor ihr.«

»Wenn es das Wesen ist, das mir aufmachte, dann glaube ich dir's. Die sah ja aus wie ein Mann. Wie konntest du nur so ein Mädchen nehmen, Flora?«
»Ach, sprich nicht davon! Wir sind zwei Monate verheiratet, und dies ist schon die fünfte.«
»So? Wie kommt denn das?«
»Ich weiß es nicht«, klagte Flora, immer noch das Feuer anblasend. »Ich glaube, ich verstehe nicht, mit ihnen umzugehen. Die erste, die wir hatten, radelte leidenschaftlich und wollte nicht kochen. Dann kam eine, die stahl wie ein Rabe; in zwei Tagen war das Wirtschaftsgeld weg, ohne daß ich es ausgegeben hatte. Die dritte ging in einem meiner Kleider und mit meinem Hut spazieren. Die vierte hatte eines Tages ihren Schatz und noch fünf oder sechs Soldaten in der Küche. Von der jetzigen glaube ich, daß sie trinkt, denn sie flucht entsetzlich, und ich habe schreckliche Furcht vor ihr.«
»Und Gustav?« fragte Irma, die trotz allem lachen mußte.
»Ach, du siehst doch wohl ein, daß ich ihm mit diesem häuslichen Jammer nicht lästig fallen kann! Er findet es sowieso schon merkwürdig, alle Augenblicke ein anderes Gesicht zu sehen. Der Haushalt gehört doch zu meinem Wirkungskreis.«
Das offenstehende Fenster schien dem Feuer bekömmlich zu sein; der Rauch verzog sich, und die Kohlen fingen an zu brennen. Mit einem Seufzer der Erleichterung stand Flora auf. »Gott sei Dank!« sagte sie. »Es ist ja sehr schönes Wetter, aber ohne Feuer geht es doch noch nicht.«
»Warum hast du keine Füll- oder Gasöfen?« fragte Irma. »Dann brauchst du dich gar nicht darum zu kümmern.«
»Ach, die mag Gustav nicht! Er sagt, das sind häßliche, unkünstlerische Dinger. Er will das Feuer und die

Flammen sehen; das bringt ihn auf gute Gedanken und regt ihn an.«

»So? – Aber sag einmal, Flora, du siehst eigentlich sonderbar aus. Gehst du immer in solch einem weißen Kleid?«

Floras Aufzug war in der Tat höchst eigenartig. Ihr langes, schleppendes weißes Gewand, am Halse ein wenig ausgeschnitten, mit weiten, hängenden Ärmeln, und ihr blondes, aufgelöstes Haar, das nur von einem schmalen, goldenen Band zusammengehalten wurde, erinnerten sehr an Theater oder Maskenball. »Findest du es nicht schön?« fragte sie, indem sie sich um sich selbst drehte, damit Irma sie von allen Seiten bewundern könne.

»Ja, es steht dir sehr gut, aber es ist doch ein bißchen komisch, sich so zu kleiden.«

»Gustav hat es gern, wenn ich mich so kleide und das Haar aufgelöst trage; dann bin ich in seinen Augen Elsa.«

»Wird er nun bald als Schwanenritter erscheinen?« fragte Irma spöttisch.

»Nein, das geht natürlich nicht; aber Gustav sagt, die Menschen, die alles, was ein bißchen vom Althergebrachten abweiche, geziert finden, seien eben ganz und gar nicht künstlerisch veranlagt.«

Irma schaute ihre junge Schwägerin erstaunt an, sah aber sofort ein, daß Flora nicht beabsichtigt hatte, ihr etwas Anzügliches zu sagen. Sie wiederholte nur die Worte ihres Gatten wie eine auswendig gelernte Aufgabe.

Sie gingen jetzt zusammen nach oben, und Irma mußte das ganze Haus bewundern. Die Einrichtung war wirklich höchst geschmackvoll, aber sämtliche Zimmer und Schränke zeigten die Spuren größter Unordnung. Die mit hellen Seidenstoffen bezogenen Sessel und Sofas waren voll Flecken, und die unglaublichsten Dinge lagen überall umher. Im Schlafzimmer waren Notenbücher über den Boden verstreut, und auf dem ungemachten Bett mit herunterhängender Spitzendecke lagen Schreibmaterialien neben einem halb beschriebenen Notenblatt. Gustav hatte beim Ankleiden eine Eingebung gehabt und sofort seine Gedanken zu Papier gebracht, dann aber keine Zeit gefunden, die Arbeit durchzusehen. Nun durfte niemand daran rühren, ehe er heimkehrte.

Irma war gewiß keine vollendete Haushälterin, aber bei Großmama Gontrau herrschte eine so tadellose Ordnung und anheimelnde Gemütlichkeit, daß sie sich unwillkürlich über dies tolle Durcheinander ärgerte. »Wie kommt es, Flora, daß deine schönen Stühle schon so schmutzig sind?« fragte sie, als sie wieder unten waren.

»Das haben die abscheulichen Mädchen getan!« versetzte Flora. »Sag mal, Irma«, fuhr sie, ihre Schwägerin mit großen, erschrockenen Augen ansehend, fort, »findest du es hier nicht nett?«

»Nun, um der Wahrheit die Ehre zu geben, wenn ich erst so kurze Zeit verheiratet wäre und eine so schöne Einrichtung hätte, würde ich doch mehr auf sie achten.«

»Ich tue, was ich kann«, sagte Flora ernst, »aber es ist so schwer. Gustav meint, darauf käme es nicht an. Er selbst ist so zerstreut; er denkt nur an seine Musik, ist nie bei der Sache. Er nimmt allerhand Dinge mit nach oben, die nicht ins Schlafzimmer gehören, und vergißt, sie an ihren Platz zurückzustellen. Ich will gern alles in Ordnung halten, aber ich bin so nervös, mache häufig Flecken und zerbreche viel.«

»Das ist sehr schade«, meinte Irma.

»Das Ärgste aber von allem sind die Dienstmädchen. Ich glaube, diese Lisa ist die fürchterlichste von allen, die ich gehabt habe. Stell dir vor, morgens tritt sie bei mir ein und fragt mich allerlei, was ich nicht weiß. Ich habe doch keine blasse Ahnung, wieviel Fleisch oder Fisch oder Gemüse oder Butter ich brauche, und die Preise kenne ich erst recht nicht. Verstehst du das alles?«

»Alles nicht, aber so eine Ahnung habe ich doch davon.«

»Ich nicht. Großmama Flora sagte immer, der Haushalt gehe von selbst, den brauche man nicht zu lernen. Mama hat zwar in letzter Zeit versucht, mir einiges zu zeigen, aber ich war so von meiner Liebe zu Gustav erfüllt, daß ich nicht aufpaßte. Nun tut mir das leid. Jetzt, wo du hier bist, kannst du mich belehren, ja?«

»Viel wird das nicht sein; aber so gut ich kann, will ich dir gern helfen.«

»Wirst du dich auch vor Lisa fürchten?«

»Nein!« lachte Irma.

In diesem Augenblick trat die, von der sie soeben sprachen, ins Zimmer. »Es ist Zeit, den Tisch zu decken«, sagte sie barsch, und dann fuhr sie, zu Flora gewendet fort: »Geben Sie mir die Schlüssel zum Wäscheschrank und zum Weinkeller!«

Irma gab ihrer Schwägerin einen Wink, daß sie es verkehrt finde, dem Mädchen die Schlüssel zu überlassen, wandte sich aber verlegen ab und betrachtete aufmerksam einen Kupferstich an der Wand, als Lisa sie mit herausforderndem Blick ansah und die Hände in die Seiten stemmte.

Die Magd füllte die halbe Stube mit ihrer Riesengestalt und ihren schwerfälligen, plumpen Bewegungen. Dröhnend ging sie hin und her und schaute immer wieder so drohend nach der Tür, daß den beiden angst und bange wurde und sie, der gleichen Empfindung folgend, zusammen das Zimmer verließen.

Gustav kam nach Hause. Er hatte sich, seit Irma ihn zuletzt gesehen hatte, wenig verändert. Seine träume-

rischen Augen starrten wie immer ins Blaue hinein Sein Haar war gewachsen und ringelte sich bis in den Nacken. Er trug eine kurze Samtjoppe, einen Umlegekragen und eine breite, flatternde Krawatte. Als er eintrat, flog im Flora entgegen, und ohne seine Schwester im geringsten zu beachten, schloß er sie in die Arme und küßte sie. Diese Umarmung dauerte mindestens fünf Minuten. Irma vernahm alle möglichen Ausrufe, wie: »Mein blondgelockter Engel! Meine Elsa! Meine reine, weiße Lilie!« – und: »Mein Held! Mein Künstler!« Ihr wurde ganz schwach, und endlich rief sie: »Hört einmal, ich bin auch noch da!«
Nun hieß Gustav sie herzlich willkommen und ging dann in sein Zimmer. Stöße von Musikheften bedeckten den Flügel sowie sämtliche Stühle und selbst den Boden, so daß es eine Kunst war, einen Weg durch dieses Chaos zu finden.
Die gefürchtete Lisa meldete, daß das Essen fertig sei. »Ich will nicht, daß alles kalt wird«, fügte sie hinzu; »sagen Sie also dem Herrn, er soll gleich kommen!«
Gehorsam ging Flora, um ihren Mann zu rufen. Er saß am Flügel und spielte. In den ersten zehn Minuten gab er auf die Bitte seiner jungen Frau überhaupt keine Antwort. Endlich, als sie es wagte, leise näher zu treten und ihn auf ihre Anwesenheit aufmerksam zu machen, stand er träumerisch auf, fuhr mit der Hand durch sein langes Haar und folgte ihr.
Lisa brachte das Essen herein und bediente mit einem Gesicht wie eine drohende Gewitterwolke. Das Mahl war gut zubereitet, aber es wurde in solchen Mengen aufgetragen, daß noch mindestens zehn Personen hätten mitspeisen können.
Irma machte ein sehr erstauntes Gesicht. »Was für ein kolossaler Rinderbraten! Der würde für ein Waisenhaus genügen«, sagte sie, als Lisa das Riesenstück auf den Tisch stellte.

Das Mädchen warf ihr unter gerunzelten Brauen einen wütenden Blick zu, und Flora winkte Irma erschrocken, sie möge schweigen.
»Aber Kind«, begann Irma, als das Schreckgespenst das Zimmer verlassen hatte, »warum bestellst du solche Riesenbraten? Nun müssen wir die ganze Woche von kaltem Fleisch leben.«
»O nein, davon ist morgen nichts mehr übrig!«
»Was!« rief Irma, mit vor Staunen weit aufgerissenen Augen.
»Ja, wohin es kommt, weiß ich nicht.«
»Aber das ist doch unmöglich! Wir drei zu Hause essen nicht den zehnten Teil von dem, was hier aufgetischt wird; wo bleiben denn die Reste?«
»Auf den Tisch kommt nichts mehr davon.«
»Dann bringt Lisa sie beiseite.«
»Um Himmels willen, sei doch still! Wenn sie das hörte!«
»Es ihr ins Gesicht zu sagen, würde ich freilich nicht wagen. Aber Gustav, du als Herr des Hauses solltest doch das Mädchen zur Rede stellen.«
»Um was handelt es sich denn?« fragte Gustav, der in seiner zerstreuten Art aß, auf nichts achtete, was um ihn her geschah, und nicht hörte, was gesprochen wurde.
Irma legte ihm den Fall vor.
Er schaute ebenso hilflos drein wie Flora und sagte freundlich: »Meine liebe Irma, was können wir da machen?«
»Nun, aufpassen und, wenn nötig, sie ins Verhör nehmen.«
»O nein, das Frauenzimmer würde heulen, schreien und fluchen. Ich finde sie schon schrecklich genug mit ihrer lauten Stimme und ihren unschönen Bewegungen. Ich möchte so gern ein Mädchen haben, das mit Floras poetischer Erscheinung mehr in Einklang steht

Was sie aber mit dem übriggebliebenen Essen macht, kann mir doch ganz einerlei sein.«
»Wenn du nach dem Mittagessen alles an einen bestimmten Platz stellen ließest, Flora.«
»Liebste Irma, hier im Hause hat nichts seinen bestimmten Platz.«
»Du mußt meinem kleinen Liebling keinen Schrecken einjagen, Schwesterchen«, sagte Gustav. »Sie bemüht sich nach Kräften, und ich habe ein bißchen geniale Unordnung gern.«
»Aber auf diese Weise werdet ihr bald bettelarm sein.«
»Ach, nein, wir besitzen noch einen Haufen Geld, und wenn das aufgebraucht ist, komponiere ich meine neue Oper; mir stecken ja so viele Einfälle und Melodien im Kopf. Und dann werden wir wieder reich, nicht wahr, Flora?«
Beide lachten so sorglos und herzlich, daß Irma, die von Natur wahrhaftig nicht ernst veranlangt war, lustig mit einstimmte.
Ein paar Tage später wurde sogar Gustav aus seiner behaglichen Gemütlichkeit wachgerüttelt. Seine Frau war mit Irma spazierengegangen. Als er nach Hause kam, stand ein Haufen Menschen vor der Tür der kleinen Villa, und über dem Dach schwebte eine dichte schwarze Rauchwolke. »Es brennt«, rief es von allen Seiten, und bei seinem Eintritt schlug ihm erstikkender Qualm entgegen. Es war ein Schornsteinbrand, und in der Küche saß die gefürchtete Lisa mit dem Kopf auf dem Tisch und schnarchte, während eine geleerte Kognakflasche und ein Glas daneben deutlich erkennen ließen, woher sie so zur Unzeit ein Bedürfnis nach Ruhe überkommen hatte.
Fremde Leute drangen ins Haus; die Feuerwehr und die Polizei wurden alarmiert. Gustav war später außerstande, zu erzählen, wie sich alles zugetragen hatte; aber als Flora und Irma heimkehrten, fanden sie

in der Küche eine fürchterliche Unordnung, und Lisa war von der Polizei mit Sack und Pack aus dem Hause geschafft worden. Nur in höchst unzusammenhängender Weise vermochte Gustav ihnen das Geschehene zu erklären; dann standen sie alle drei und schauten sich bestürzt an, bis Flora endlich aufatmete und Gott dankte, daß Lisa fort war, denn sie würde nie den Mut gefunden haben, ihr zu kündigen.

An diesem Mittag speisten sie in einem Restaurant und unterhielten sich köstlich. Am folgenden Morgen machten Irma und Flora die Betten und lachten sich wegen ihrer Ungeschicklichkeit gegenseitig aus. Während ihnen bei ihrer ungewohnten Beschäftigung die Stunden im Flug vergingen, waren sie ausgelassen lustig wie zwei Kinder, die das Wirtschaften als Spiel betreiben, bis Gustav heimkehrte und ihnen erzählte, daß des Abends eine Anzahl Herren zum Musizieren und zum Nachtessen bleiben würden.

Irma prustete los, aber Flora machte ein ganz entsetzliches Gesicht. »Gustav, wie konntest du sie heute einladen? Wir haben doch noch kein Mädchen, es ist unmöglich.«

»Daran habe ich nicht gedacht«, versetzte Gustav ganz zerknirscht. »Aber absagen kann ich nicht. Doktor Schweinfurt und der Direktor des Konservatoriums, Raabe, wollten so gern deine Bekanntschaft machen; sie bringen beide ihre Frauen mit.«

»Wie soll das nur werden?«

»Das weiß ich nicht, Kind; denke dir etwas Gescheites aus!«

Doch Flora war nicht erfinderisch. Hilflos schaute sie sich um, und das Weinen war ihr näher als das Lachen.

»Laß doch deshalb nicht gleich den Kopf hängen!« rief Irma. »Weißt du was, ich werde mich als Mädchen verkleiden, den Gästen aufmachen und sie bedie-

nen. Das kann einen köstlichen Spaß geben. Wir wollen uns gleich an die Arbeit machen.«
Gustav stimmte diesem Plane freudig zu, und die beiden jungen Damen machten sich an die Ausführung. Gustav sollte im Musikzimmer aufräumen. Doch als nach einer Stunde Irma einmal sehen wollte, was er eigentlich trieb, fand sie ihn auf der Erde sitzend und in einer interessanten Partitur blätternd, die er unter den Notenheften gefunden hatte. Darüber hatte er natürlich alles vergessen, auch die ihm aufgetragene Arbeit.
Irma zupfte ihn an den Ohren und rief Flora herbei. Zuerst bekam er tüchtige Schelte, dann wurde im Rat der Frauen beschlossen, ihn fortzuschicken, um die Einkäufe zu besorgen, denn hier im Hause würde er den Wirrwarr doch nur vergrößern. Sie gaben ihm einen Zettel, auf dem alles, was sie zum Abendessen brauchten, verzeichnet stand, und er ging willig fort, mit dem Versprechen, nichts zu vergessen.
Nun machte sich Irma mit vollem Ernst ans Werk, und Flora half tapfer. Das Musikzimmer und der Salon wurden aufgeräumt, das heißt, alles, was nicht hineingehörte, wurde hinter die großen Möbelstücke gepackt. Als der Berg von Büchern, Zigarrenkisten und anderen Gegenständen so mächtig anwuchs, daß er drohte, über den Flügel und das Sofa hinauszuragen, warf Irma mit anmutiger Nachlässigkeit einen bunten Teppich darüber, der nach Floras maßgebender Meinung in der Ecke sehr hübsch zu Geltung kam.
Inzwischen kehrte Gustav heim, gefolgt von einem kleinen Jungen, der einen Korb mit allerhand guten Sachen trug. Der Hausherr wurde gelobt und abermals ausgeschickt, um einige Blumen zu besorgen. Er kam mit einer Menge von lila und weißem Flieder, duftenden Maiglöckchen und großen Büscheln Goldregen zurück, die er selbst, höchst künstlerisch, in den

schlanken Vasen ordnete. Es sah wirklich alles sehr hübsch aus.
Im Eßzimmer wurde die Tafel gedeckt Flora wußte von keinem Geschirr, wo es seinen Platz hatte. Die Weingläser fanden sich im Wäscheschrank, und das blaue Porzellan stand unter dem Bett. Auch entdeckten die jungen Eheleute bei dieser Gelegenheit, daß schon vieles fehlte und verschiedene Dinge zerbrochen waren, aber das regte sie nicht weiter auf.
In der Küche herrschte solch ein Durcheinander, daß Irma erklärte, sie sollten nur die Tür zulassen und gar nicht hineinsehen, sonst dürften sie verzweifeln. Nach unendlich vielem Suchen, Lachen und Hinundherlaufen war die Tafel gedeckt, und wenn sie auch nicht so aussah, daß eine erfahrene Hausfrau damit zufrieden gewesen wäre, die Gäste mußten eben vorliebnehmen. Da es nur Künstler unter sich waren, kam es ja nicht so genau darauf an. Gustav erklärte es für höchst gemütlich und sehr hübsch.
Nun wurde die Konstümfrage für Irma beraten. In dieser Beziehung war die Kleine geschickt und überraschte Flora durch ihre ungewöhnliche Findigkeit.
Ihre eigenen Kleider sowie die ihrer Schwägerin wurden durchgesehen, wobei ein einfaches rosa und weiß gestreiftes Kattunkleid mit kurzen Ärmeln aus Floras Mädchenzeit zum Vorschein kam. Irma zog weiße Strümpfe und schwarze Lackschuhe mit Kreuzbändern an; über den gestreiften Rock band sie eine Leinenschürze; ihr schönes blondes Haar legte sie in dicke Flechten um den Kopf, und aus einem Spitzenschlips verfertigte sie mit Hilfe einiger Nadeln ein Häubchen. In diesem Anzug zeigte sie sich dem jungen Ehepaar, das vor Entzücken in die Hände klatschte. Sie hatte nichts von einem Dienstmädchen an sich, sondern sah aus wie ein Zöfchen in einem französischen Lustspiel; aber sie war so reizend, daß

Gustav sie einige Augenblicke sprachlos anstarrte und dann erklärte, es sei ein Genuß, sie anzusehen. Wenn er nur solch ein Dienstmädchen bekommen könnte, dann möchte sie in Gottes Namen radeln, stehlen, trinken, ja sogar brandstiften.

Flora hatte ihr gewöhnliches weißes Hauskleid mit einem ähnlichen Gewand von schmiegsamem Stoff und unbestimmter zartlila Farbe vertauscht, das am Halse ein wenig ausgeschnitten und mit echten Spitzen garniert war. Sie sah in dem durch seidene Lampenschirme etwas gedämpften Licht des Musikzimmers, das manche Unordnung mitleidig verhüllte, wirklich reizend aus. Gustav war nämlich der Ansicht, ein mattes Dämmerlicht erhöhe die Stimmung. Er war sehr zufrieden, da nun alles so recht nach seinem Wunsche ging; hätte er einen von den abscheulichen Küchendragonern im Haus gehabt, so wäre nie ein so wohltuendes Ganzes zustande gekommen.

Während Irma das junge Paar zum Schluß noch ermahnte, nicht zu lachen, sondern ernst zu bleiben, wenn sie bei Tisch bediente, klingelte es. Voll Jubel über die Rolle, die sie spielte, lief sie hinaus und öffnete.

Ein langer, hagerer Herr mit einer goldenen Brille trat ein. Sein kahles Haupt, das nur im Nacken einen Kranz langer Haare zeigte, erinnerte Irma lebhaft an eine Billardkugel mit Fransen. Ihm zur Seite schritt eine sehr stattliche Dame mit lauter Stimme. Sie trug ein schwarzes Atlaskleid und eine schwere, dreifache Goldkette um den Hals. Ihre kleinen, gutmütigen Augen schauten mit großem Staunen auf Irma, und noch bevor sie den Salon erreichten, flüsterte sie ihrem Gatten zu, sie hätte nie geglaubt, daß solch ein Dienstmädchen zu finden sei.

Irma meldete Herrn und Frau Doktor Raabc. Gustav, der die Verkleidung schon längst wieder vergessen hatte, benahm sich angemessen, aber Flora preßte die Lippen aufeinander, um nicht laut loszuprusten. Dann kam ein junger Mann, der, während Irma ihm half, seinen Überzieher abzulegen, sie unters Kinn faßte und ihr zuflüsterte, daß sie Prachtaugen habe. Das war weniger angenehm, aber ihre Rolle mußte sie weiterspielen; so schaute sie ihn nur entrüstet an und drehte ihm den Rücken. Nach und nach erschienen alle Gäste, und dieser Teil des Programms verlief ohne irgendein Unglück.

Flora schenkte den Tee ein, den Irma herumreichte, und die beiden vergnügten sich dabei königlich. Frau Schweinfurt, eine schmachtende Dame mittleren Alters in himmelblauer Seide, starrte Irma beharrlich an und machte die andern flüsternd auf ihre weißen Händchen und anmutigen Bewegungen aufmerksam. Schließlich fragte sie Flora, woher sie das Mädchen habe, und diese rettete sich aus ihrer Verlegenheit durch den Einfall, es sei ein Mädchen, das ihr aus der Heimat gefolgt sei. Gustav mußte sich abwenden, um sich nicht zu verraten, und Irma flüchtete ins Eßzimmer, wo sie einen solchen Lachanfall bekam, daß sie in den nächsten fünf Minuten nicht imstande war, den Salon wieder zu betreten.

Nun setzte sich der Gastgeber an den Flügel, und sobald die ersten Akkorde erklangen, wurden alle still und lauschten andächtig dem meisterhaften Spiel.

Hinter der Tür horchte Irma auf das Spiel ihes Bruders. Sie vergaß alles, die Rolle, die sie zu spielen hatte, und auch das angenehme Gefühl befriedigter Eitelkeit über ihr reizendes Aussehen. Tränen traten ihr in die Augen, große Sehnsucht nach Otto ergriff sie, und ihr war, als wäre ihr Herz zu klein, um alle Gefühle der Liebe, des Glücks und der Wehmut, die auf sie einstürmten, zu fassen. Als die letzten Töne verhallten und die Gäste noch immer den gewaltigen

Eindruck der herrlichen Musik in sich nachwirken ließen und zu ergriffen waren, um in lautes Beifallklatschen auszubrechen, zeigte sich Irma als das echte Kind einer Künstlerfamilie. Einer augenblicklichen Eingebung folgend, flog sie auf ihren Bruder zu, umarmte ihn und rief: »O Gustav, das war himmlisch!«
»Aber Irma!« schrie Flora entsetzt. Die andern, plötzlich aus ihrer Verzückung erwachend, schauten mit halb spöttischen, halb entrüsteten Mienen das vermeintliche Dienstmädchen an.
Einen Augenblick war es Irma, als müsse sich die Erde öffnen und sie verschlingen; sie wünschte sich meilenweit fort. Dann aber tat sie das Klügste, was sie tun konnte, und fing an, herzlich zu lachen. »Ja, nun bleibt uns nichts anderes übrig, als alles zu verraten«, rief sie, und sie und Flora erzählten abwechselnd ihre Abenteuer mit Lisa.
Weit entfernt, daß die gute Laune dadurch getrübt worden wäre, begann es nun erst recht nett und gemütlich zu werden. Natürlich hatte jeder sofort gemerkt, daß es mit diesem Dienstmädchen eine ganz eigene Bewandtnis haben müsse. Ungewollt wurde sie die Heldin des Abends. Alle wollten beim Bedienen helfen. Einige Herren eilten in die Küche, und die dort herrschende Unordnung war in Gefahr, verraten zu werden; aber Irma hatte die Geistesgegenwart, schnell das Gas auszudrehen. Große Verwirrung und lauter Jubel. Der junge Mann, der beim Kommen so galant gegen das Dienstmädchen gewesen war, stolperte über einen Eimer. Zum Glück tat er sich nicht weh. Irma hatte nicht das geringste Mitleid mit ihm und erklärte lachend, daß er nur seinen verdienten Lohn ernte.
Frau Schweinfurt, die sich ärgerte, daß man so viel Aufhebens von dem koketten Ding mache, wie sie Irma später nannte, erhob sich und gab ihrem Gatten

einen Wink, sich ans Klavier zu setzen und sie zu begleiten. Für eine Weile lenkte ihr dünner Sopran die Aufmerksamkeit von der kleinen Holten ab. Das Konzert wurde hierauf fortgesetzt und nur dann und wann durch einige Scherze unterbrochen.
Beim Abendessen erreichte die allgemeine Heiterkeit ihren Höhepunkt. Die tollsten Dinge wurden getrieben. Die Herren liefen mit den Tellern und Schüsseln in langem Zug durchs Haus, der größte voraus, der kleinste zum Schluß, dabei sangen sie einen bekannten Marsch aus einer Operette. Alle tollten durcheinander, um noch etwas Vergessenes zu suchen. Flora und Gustav, ohne sich irgendwie verstimmt oder verlegen zu fühlen, lärmten mit. Ein jeder beteiligte sich beim Bedienen, schnitt vor oder schenkte ein. Leute, die einander bisher nur wenig gekannt hatten, streiften alle Förmlichkeit ab und benahmen sich mit einer Ungezwungenheit, als ob sie seit Jahren im engsten Verkehr miteinander gestanden hätten.
Das Fest dauerte bis spät in die Nacht hinein, und alle waren ausgelassen wie Kinder, die das ganze Haus auf den Kopf stellen, wenn Papa und Mama verreist sind. Nur die gutmütige dicke Frau Raabe fühlte endlich Mitleid mit der jugendlichen Gastgeberin und ihrer reizenden Schwägerin, namentlich wenn sie an das Durcheinander dachte, das am nächsten Morgen in Ordnung gebracht werden mußte. Als es ihr an der Zeit zu sein schien, stand sie auf und sagte zu, für ein tüchtiges Dienstmädchen zu sorgen, das alle schlechten Streiche der Vorgängerinnen durch seine vortrefflichen Leistungen gutmachen sollte.
Unter allgemeiner Zustimmung nahmen die Gäste Abschied, nachdem sie noch ein wenig beim Aufräumen geholfen hatten, und Irma und Flora konnten sich, übermüdet, wie sie waren, gleich zur Ruhe begeben.
Frau Direktor Raabe hielt Wort. Sie kam am folgen-

den Morgen selber, um ihr zu helfen, und verrichtete in ein paar Stunden wahre Wunderdinge, wobei ihr Flora und ihre Schwägerin tapfer beistanden. Unter ihren praktischen, aufmunternden Anweisungen zeigten sie erstaunliches Geschick und griffen überall wakker mit an. Sie sorgte auch für ein gutes Mädchen, das in wenigen Tagen den ganzen Haushalt wie durch Zauberei umgestaltete und Ordnung und Sauberkeit einführte, ohne die Ansprüche und Untugenden ihrer Vorgängerinnen zu besitzen.

Gustavs Schönheitssinn befriedigte sie zwar nicht – sie war eine einfache Person mittleren Alters und von ganz gewöhnlichem Aussehen, sauber und anspruchslos gekleidet – aber es gefiel ihm, Ordnung und Nettigkeit, wenn sie nicht in kleinliche Pedanterie ausartete, um sich zu sehen. Es berührte ihn sehr angenehm, bei seiner Heimkehr die Mahlzeiten schmackhaft zubereitet zu finden und von seinem kleinen Frauchen keine Klagen und Seufzer, sondern nur lebhafte Lobpreisungen des Mädchens zu hören. Da sich auch in seinen Ausgaben der Unterschied sehr bemerkbar machte, war er der guten Frau seines Direktors aufrichtig dankbar.

Irma blieb noch einige Wochen bei dem jungen Paar und unterhielt sich ausgezeichnet. Es war ein Genuß für sie, mit dem Bruder, den sie eigentlich so wenig kannte, einmal länger zusammen zu sein. Sie lernte seine guten Eigenschaften, seine Herzlichkeit, seine Milde schätzen und verzieh ihm dafür gern seine Zerstreutheit, sein träumerisches und ein bißchen überspanntes Wesen, das er ja mit vielen Künstlern gemein hatte.

Auch Flora war ihr sehr lieb geworden, aber ihr Geheimnis, ihre Liebe zu Otto, verriet sie nicht; daß sie es nicht tat, nicht einmal die Versuchung fühlte, war ihr selbst auffallend. Schon früher hatte sie Hochstein flehentlich gebeten, eine passende Gelegenheit zu suchen und ihrem Bruder seinen Besuch zu machen; von dem Ausflug her kannte er doch Gustav und seine kleine Frau. Sie hätte einen Verkehr Ottos mit ihrer Familie schon wie eine halbe Erfüllung ihrer Zukunftshoffnungen angesehen. Von der Hand gewiesen hatte Otto diesen Plan ja nicht, ja er hatte ihn sogar vernünftig gefunden, aber zur Ausführung war es trotzdem nicht gekommen. Als Irma nun bei Holtens zu Besuch weilte und in den ersten Tagen ihres Aufenthaltes Gelegenheit fand, Otto auf der Straße zu sprechen, drang sie ernstlich in ihn, einen Vorwand zu ersinnen und endlich seinen Besuch zu machen. Sie könne es dann leicht einrichten, daß Flora ihn einmal zum Essen einlade, und fände es herrlich, sich auf diese Weise öfter sehen und sprechen zu können.

Otto erwiderte, daß er das von Herzen gern tun möchte, aber jetzt so viel zur Prüfung zu arbeiten habe, daß es ihm wirklich an Zeit fehle.

Irma beruhigte sich und dachte, wie gut und lieb es von ihrem Anbeter sei, sich um ihretwillen so anzustrengen.

Otto vermied es sogar, ihr zu begegnen, wenn sie mit Flora oder Gustav ausging. Die arme Irma hatte sich eingebildet, sie werde ihn während ihres Aufenthaltes bei Gustav häufig zu sehen bekommen, und die Enttäuschung, daß es nicht geschah, war groß; traf sie ihn aber dann und wann einmal zufällig für einige Minuten, so blieb er sich in seinen zärtlichen und leidenschaftlichen Liebesbeteuerungen immer gleich. Die trübe Zeit der Heimlichkeit würde ja nun bald vorüber sein; in vier bis fünf Monaten machte er seine Prüfung, dann begann ihr Glück, dessen war sie sicher. Sie ließ sich immer wieder durch die schönen Zukunftsbilder, die er ihr vorspiegelte, täuschen; sie glaubte und vertraute, eher würde sie an den Untergang der Welt gedacht haben als daran, daß Otto kein ehrliches Spiel mit ihr treibe.

An einem der seltenen Märztage, welche die Hoffnung erwecken, daß der Frühling nun wirklich seinen Einzug halten will, an denen die Sonne schon köstlich wärmt und kleine Sträußchen von Märzveilchen und Schneeglöckchen angeboten werden, saß Frau Ilse mit Onkel Heinz im Wohnzimmer beim Schachspiel. Im Kamin knisterte trotz der Wärme draußen ein lustiges Feuer, und leise tickte die große, altmodische Standuhr. Irma, die sich mit ihrer Stickerei in die Fensternische zurückgezogen hatte, dachte, wenn sie ab und zu nach den beiden Alten guckte, daß diese, so in ihr Spiel vertieft, ein wunderhübsches Bild abgäben. Der Professor spielte mit unerschütterlichem Ernst; es war eine seiner Schwächen, sich zu ärgern, wenn er beim Schachspiel verlor, selbst wenn sein Gegner eine Dame war. Frau Ilse, die das wußte und der es noch immer, wie in alten Zeiten, das größte Vergnügen bereitete, ihn in Harnisch zu bringen, spannte alle ihre Kräfte an. Sie hatte ihn schon ziemlich in die Enge getrieben. Seine Königin und seine beiden Türme waren genommen, und nun focht er verzweifelt mit einem Läufer, einem Springer und einigen Bauern.
Es klingelte.
»Es kommt Besuch«, sagte Irma; »ich sehe eine Dame, kann aber nicht erkennen, wer es ist.«
»Wie schade«, meinte Frau Ilse, »noch ein paar Züge und Sie wären schachmatt gewesen, Onkel Heinz!«
»Ach was!« brummte der alte Herr. »Lassen Sie nur das Brett stehen, Frau Gontrau, und ich wette um alles, was Sie wollen, daß ich doch noch die Partie gewinne!«
Das Mädchen trat ein und meldete: »Fräulein Elisabeth Müller wünscht die gnädige Frau zu sprechen.«

»O weh!« rief Irma, ihre Handarbeit zusammenpakkend. »Dann geh' ich nach oben, Großmama; wenn sie nach mir fragt, bin ich nicht zu Hause.«
»Bleib hier, Kindchen!« wandte Frau Ilse ein, aber schon war Irma verschwunden.
»Der kleine Taugenichts hat recht«, meinte Onkel Heinz; »wenn ich nur könnte und von der verflixten Gicht nicht so geplagt wäre, würde ich mich auch auf die Beine machen.«
»Seien Sie doch still!« bat Frau Ilse, ein bißchen böse; dann stand sie auf, um Fräulein Müller zu empfangen.
Tante Elisabeth ging immer einfach gekleidet, heute aber hatte ihre Erscheinung etwas entschieden Quäkerhaftes an sich. Ihr eisengraues, glattes Kleid konnte nicht strenger sein als ihr Antlitz. Frau Ilse fand plötzlich, daß Elisabeth ihrer Mutter, der Frau Pfarrer, sprechend ähnlich sah, wenn diese einmal ganz besonders tugendhaft oder unangenehm sein wollte.
»Ich hoffe, ich störe Sie nicht, Frau Gontrau«, begann sie mit einem Seitenblick auf Professor Fuchs, in dessen Gesellschaft sie sich nie behaglich fühlte.
Frau Ilse schob ihr einen bequemen Sessel hin. »Sehr nett, daß Sie sich einmal sehen lassen, Elisabeth«, begann sie freundlich; »ich habe Ihnen schon oft gesagt, daß Sie viel zu selten kommen.«
»Ach, ich mag mich nicht aufdrängen! Heute aber habe ich etwas Besonderes mit Ihnen zu besprechen.«
Onkel Heinz stand auf. »Dann wünschen Sie gewiß mit Frau Gontrau allein zu sein. Ich gehe so lange in den Garten und will sehen, ob die Märzsonne gut für meine Gicht ist.«
Aber Frau Ilse winkte ihm zu bleiben. »Wollen Sie mit mir über etwas sprechen, Elisabeth, das Sie selber angeht?«
»Nein, Frau Gontrau, die Sache betrifft ausschließlich Sie.«

»Dann bleiben Sie nur ruhig sitzen, Herr Professor!« nahm Ilse wieder das Wort. Es gab nichts in ihrem Leben, was ihr alter Freund nicht wissen durfte, und sie freute sich heimlich darüber, daß er der Gesellschaft der alten Jungfer nicht entrinnen konnte. »Vor Ihnen haben wir keine Geheimnisse.«
»Das müssen Sie am besten wissen, gnädige Frau; was ich Ihnen mitzuteilen habe, betrifft Ihre Enkelin Irma.«
Professor Fuchs spitzte die Ohren, und Ilse sagte absichtlich begütigend: »Wirklich? Ich hoffe, die Kleine hat nichts getan, worüber Sie sich zu beklagen haben.«
»Ich nicht«, entgegnete Fräulein Müller mit verdrießlich herabgezogenen Mundwinkeln; »aber ich halte es für meine Pflicht, Ihnen über das Betragen des jungen Mädchens die Augen zu öffnen.«
»Ei was!« meinte Frau Gontrau ärgerlich. »Die Kleine hat wohl etwas gesagt oder getan, was nicht ganz ehrerbietig und passend ist? Ich werde sie nachher darüber zur Rede stellen. Aber wirklich, Elisabeth, so ernst dürfen Sie das nicht nehmen; von der Jugend müssen wir uns manches gefallen lassen und gegen ihre kleinen Sünden nachsichtig sein.«
»Ich weiß nicht, ob Sie es eine kleine Sünde nennen, wenn ein jungens Mädchen wie Irma an einem abgelegenen Platz heimliche Zusammenkünfte mit einem Studenten hat«, sagte Fräulein Müller mit nur mühsam unterdrückter Schadenfreude.
Großmutter Gontrau wurde blaß. Onkel Heinz sah, wie sie krampfhaft die Stuhllehne umklammerte und nach Selbstbeherrschung rang; ihre Stimme bebte, und ihre dunklen Augen blitzten wie früher, als sie fragte: »Was meinen Sie damit, Elisabeth? Wer von einem jungen Mädchen solche Dinge sagt, muß sie auch beweisen können.«
»Das kann ich. Jeden Mittwochnachmittag hat Irma

ein Stelldichein mit dem schönen Studenten, der ihr damals auf dem Ausflug den Hof machte. Sie treffen sich in dem Wäldchen an der Landstraße in der Nähe der Kasernen.«

»Woher wissen Sie das?« stammelte Frau Gontrau.

»Vor vierzehn Tagen habe ich sie mit meinen eigenen Augen gesehen. Im Frühjahr mache ich nämlich gern da hinaus meine Spaziergänge. Erst konnte ich es nicht glauben, daß es wirklich Irma sei, aber gestern habe ich sie ganz deutlich erkannt; ich ging hinter ihr her und habe sie genau beobachtet.«

Frau Gontrau schwieg. Allerlei Beobachtungen kamen ihr in den Sinn. Es fiel ihr ein, daß Irma in den letzten Monaten viel allein auszugehen pflegte und häufig ein sonderbares Benehmen zeigte. Zweifel und Angst beschlichen sie, weil sie für das Kind den Eltern gegenüber verantwortlich war, vor allem aber bemächtigte sich ihrer tiefe Betrübnis darüber, daß ihre Enkelin, die sie so innig liebte, sie betrogen und hintergangen hatte.

Onkel Heinz zog die buschigen Brauen zusammen, drehte seinen weißen Schnauzbart zu einer ganz besonders feinen Spitze und unterdrückte eine Verwünschung, weil er plötzlich einen heftigen Stich in seinem linken Fuß verspürte. »Darf ich fragen, wie es kam, daß Irma Sie nicht gleich das erstemal sah?« forschte er, sich ziemlich barsch an Tante Elisabeth wendend.

»Das ging ganz natürlich zu. Ich verbarg mich hinter den Sträuchern, bis sie das Wäldchen wieder verlassen hatten.«

»Sie spionieren also.«

»Spionieren!« wiederholte Elisabeth beleidigt. »Wenn Sie's so nennen wollen, ich mußte mich doch von der Wahrheit überzeugen.«

»Ja, und nachdem Sie das getan hatten, gingen Sie noch einmal hin und versteckten sich wahrscheinlich wieder. Das finde ich nicht ehrlich; Sie hätten offen auftreten sollen. Ihr Erscheinen hätte die jungen Leute gewarnt.«

»Mir schien das nicht wünschenswert. Ich hielt es für meine Pflicht, Frau Gontrau zu unterrichten.«

Tante Elisabeth zeigte in diesem Augenblick eine so siegesgewisse Miene, daß der Professor sich vergaß und heftig aufbrauste. »Na ja, das ist so recht etwas für Sie! Wer sagt Ihnen denn aber, daß etwas Böses dahinter steckt? Die jungen Leute können sich wohl einmal etwas zu erzählen haben. Daraus brauchen Sie nicht gleich so eine Staatsaktion zu machen!«

Feuerrot erhob sich Fräulein Müller von ihrem Sitz und sagte mit einer vor Zorn und Aufregung heiseren Stimme: »Wenn Sie meine gute Absicht so auslegen und mich obendrein beleidigen, dann gehe ich und setze nie wieder einen Fuß über diese Schwelle.«

Frau Gontrau schaute den Professor zürnend an. »Nein, nein, seien Sie nicht böse, Elisabeth!« rief sie. »Ich bin Ihnen dankbar, und Professor Fuchs müssen Sie seine Heftigkeit verzeihen. Er hat Irma so gerne, daß er außer sich gerät, wenn über sie nachteilig geurteilt wird. Ist's nicht so, Herr Professor?«

»Ja«, brummte Onkel Heinz, der einsah, daß er zu weit gegangen war.

»Und er bittet für seine Unhöflichkeit um Entschuldigung«, beharrte Frau Ilse, mit einem strengen Blick auf Onkel Heinz.

Dem Professor war fast zumute wie einem Schuljungen, der eine Strafpredigt erhält. Er hätte am liebsten mit einem: »Scheren Sie sich zum Teufel!« das Zimmer verlassen; aber dem eigenartigen Ausdruck in den dunklen Augen seiner alten Freundin war er nicht gewachsen. »Ja«, brummte er abermals, mit abgewendetem Gesicht, »natürlich meinte ich es nicht so; nehmen Sie's nicht übel, Fräulein Müller!«

Tante Elisabeth verneigte sich, war aber doch tief gekränkt. »Da ich Ihnen berichtet habe, was ich weiß, Frau Gontrau«, nahm sie in spitzem Ton abermals das Wort, »ist es an Ihnen, aus meiner Mitteilung Nutzen zu ziehen. Ich werde mich um die ganze Geschichte nicht mehr kümmern.«

»Einen Augenblick, bitte«, sagte Frau Gontrau. »Was Sie gesehen haben, Elisabeth, ist ganz gewiß nicht passend, aber bevor Irma mir nicht den Zusammenhang erklärt hat, kann ich mir kein Urteil erlauben. Möglich, daß gar nichts dahintersteckt. Die jungen Leute von heutzutage sind anders und freier in ihrem Umgang als wir in unserer Jugend, das dürfen wir nicht vergessen.«

Fräulein Müller ließ ein spöttisches Lachen hören.

»Ich muß Sie freundlichst ersuchen«, fuhr Frau Gontrau fort, »über diese Geschichte zu niemandem, wer es auch sei, ein Wort zu verlieren auch nicht zu unseren Amerikanern.«

»Ganz wie Sie wünschen, Frau Gontrau.«

»Ich erbitte mir das als eine große Gunst von Ihnen und baue fest auf Ihre Verschwiegenheit.«

Großmutter Ilse streckte Tante Elisabeth die Hand entgegen, und diese las auf dem schönen, alten Gesicht eine so ängstlich flehende Bitte, daß sie, wider Willen gerührt, versetzte: »Das können Sie, Frau Gontrau.« Nach einem sehr förmlichen Kopfnicken zu Onkel Heinz ging sie.

Frau Ilse ließ sich erschöpft in ihren Sessel sinken und blickte in schweren Gedanken vor sich hin.

Der Professor aber humpelte in großer Erregung hin und her. »Schöne Geschichte das!« rief er endlich. »Bald weiß die ganze Stadt von diesem Klatsch, denn Fräulein Müller wird mit wahrer Wonne für Weiterverbreitung sorgen. Das ist etwas so recht nach ihrem Sinn.«

»Das glaube ich nicht«, versetzte Ilse; »sie wird schweigen, weil ich sie darum gebeten habe. Sie waren unverzeihlich grob gegen sie, Onkel Heinz; aber viele Worte darüber zu verlieren hilft nichts. Was sollen wir tun?«

»Nun«, nahm der alte Herr heftig das Wort, »dem Jungfräulein tüchtig den Kopf waschen und ihm für die Zukunft solche Streiche verleiden. Mit dem jungen Menschen aber werde ich Abrechnung halten; das können Sie getrost mir überlassen, ich will's ihm ordentlich geben.«

»Und damit, glauben Sie, ist alles getan?« fragte die Großmutter mit betrübtem Lächeln.

»Was wollen Sie denn noch mehr? Natürlich ist der junge Taugenichts allein schuld. Wenn Sie's verlangen, Frau Ilse, will ich ihn lendenlahm prügeln; das hat er wahrlich verdient.«

»Onkel Heinz, Onkel Heinz! Da sieht man wieder, daß Sie ein einseitiger, unverbesserlicher Junggeselle sind, der von zarten Herzensangelegenheiten nicht das mindeste versteht.«

Der Professor hielt in seinem Auf- und Abhumpeln inne, solch eine Anschuldigung von Ilse Gontrau ärgerte ihn noch immer und trieb ihm trotz seiner mehr als siebzig Jahre das Blut in die Wangen. »So«, sagte er unwirsch. »Sie haben mit den Jahren noch immer nicht verlernt, heftig zu sein, Frau Ilse?«

»Und die Jahre haben Sie nicht klüger gemacht«, versetzte sie hitzig. »Sehen Sie denn nicht ein, daß wir durch herrisches und rücksichtsloses Auftreten die Sache nur verschlimmern würden? Wenn Irma und der junge Mann sich lieben oder sich zu lieben einbilden, können einige Scheltworte von uns die Liebe nicht aus ihrem Herzen reißen.«

»Da mögen Sie recht haben«, meinte Onkel Heinz, ziemlich abgekühlt. »Aber was wollen Sie denn tun?«

»Das weiß ich nicht. Zuerst und vor allen Dingen mit Irma sprechen und hören, was sie zu sagen hat.«
»Natürlich, und da sie nun wohl bald herunterkommen wird und Sie diese Unterredung nicht aufschieben werden, will ich gehen.«
»Das ist nicht nötig; Sie wissen nun alles, und ich kann mit Irma in Ihrer Anwesenheit sprechen.«
»Nein, Frau Gontrau, bin ich auch nur ein alter, einseitiger, unverbesserlicher Junggeselle, so viel Takt und Verständnis besitze ich denn doch noch, um zu fühlen, daß ein junges Mädchen eine solche Beichte doch lieber Ihnen allein ablegt.«
Frau Ilse reichte ihm die Hand. »Verzeihen Sie!« bat sie sanft. »Ich war heftig und ungerecht, aber ich meinte es nicht böse.«
Er schaute sie unter seinen buschigen Brauen freundlich an, drückte fest ihre Hand und ging.
Einen Augenblick später steckte Irma ihr Köpfchen zur Tür herein. »Ist sie fort?« fragte sie mit schelmischem Gesicht. »Was, und Onkel Heinz hat dich auch schon verlassen, Großmama? Weshalb ist er so früh fortgegangen?«
Sie erhielt keine Antwort, und als sie fröhlich näher trat, bemerkte sie, daß die Großmutter sie mit ernster, bekümmerter Miene anblickte. »Was ist denn los?« forschte sie, die alte Frau zärtlich umarmend. »Hat das verschrobene Fräulein Müller etwas gesagt, das dich ärgert?«
Großmutter Ilse schlang ihre Arme um das junge Mädchen und zog es auf ihren Schoß. »Irma«, sagte sie ohne Umschweife, »du hast mich belogen, als ich dich neulich fragte, ob zwischen dir und Hochstein keinerlei Beziehungen beständen.«
Irma wurde totenbleich und wollte aufspringen, doch mit sanftem Zwang hielt die alte Dame sie zurück. Entsetzt blickte sie das junge Mädchen an und las auf

dem geliebten alten Gesicht einen so schmerzlichen, traurigen Vorwurf, daß es plötzlich in leidenschaftliches Schluchzen ausbrach.
Frau Ilse streichelte das blondgelockte Köpfchen, sprach aber kein Wort.
»Großmama«, schluchzte Irma, »bist du mir böse?«
»Ich bin betrübt, Kindchen, weil du kein Vertrauen zu mir hattest. Erzähle mir nun alles!«
»Ich darf nicht«, stammelte Irma; »er hat es mir verboten.«
»Wer?«
»Otto.«
»Dann hat er sehr unrecht gehandelt, aber da das Geheimnis nun doch herausgekommen ist, siehst du wohl ein, daß du dein Versprechen nicht halten kannst.«
»Aber woher weißt du's denn, Großmama? Hat Agnes es dir erzählt?«
»Agnes? Nein. Fräulein Müller hat dich mehrmals mit ihm gesehen.«
Irma weinte bitterlich.
»Siehst du nun ein, mein Kind«, fuhr Ilse in mildem und doch festem Ton fort, »daß es das beste ist, mir zu vertrauen und alles zu erzählen? Vielleicht finde ich dann noch eine Entschuldigung für dich; verharrst du in deinem Schweigen, so ist mir das unmöglich.«
Da verbarg Irma ihren Kopf in Großmamas Schoß und beichtete alles. Sie erzählte, wie schrecklich es ihr anfangs gewesen sei, so heimlich zu handeln, wie Otto aber gesagt habe, das sei nötig, um seine Eltern allmählich zu gewinnen; wie angestrengt er nun arbeite und wie er ihr die Versicherung gegeben habe, daß bald alles zu einem guten Ende kommen würde. Sie erhob Otto bis in den Himmel und konnte nicht unterlassen, ein bißchen auf Agnes zu sticheln, der sie es nie verzeihen konnte, daß sie nicht das gleiche schrankenlose Vertrauen in Hochstein setzte.

Als sie geendet hatte, schwieg die Großmutter eine Weile. In Gedanken versunken streichelte sie das goldschimmernde Haar ihrer Enkelin. Das legte Irma als ein günstiges Vorzeichen aus, und ein wenig ermutigt, fragte sie leise: »Bist du sehr böse, Großmama?«
»Nein, mein Kind, aber du hast ein großes Unrecht getan. Wie unpassend und unbesonnen du gehandelt hast, begreifst du bei deiner Jugend wohl selbst noch nicht, aber unter allen Umständen muß jetzt sofort ein Ende gemacht werden.«
»O Großmama, ich sterbe, wenn ich ihn aufgeben muß!«
»Das brauchst du nicht, Kindchen, wenigstens nicht, wenn es sich herausstellt, daß er es ernst mit dir meint.«
»Wie kannst du nur daran zweifeln?« schluchzte Irma. »Er hat mir doch Beweise genug gegeben.«
»In meinen Augen noch nicht einen; aber wir werden ja sehen.«
»Was willst du denn tun?« fragte das junge Mädchen angstvoll, das sich durch der Großmutter Ruhe immer beklommener fühlte. »Hast du die Absicht, an Papa und Mama zu schreiben?«
»Nein, Irma, denn dann würdest du Otto sofort entsagen müssen. Ich weiß nicht, ob es richtig ist, ihnen die Sache vorläufig noch zu verschweigen, aber ich habe Mitleid mit dir und will erst erforschen, was für eine Art Persönlichkeit dein Otto ist.«
»Du bist ein Engel, Großmama! Aber warum glaubst du, daß Mama so streng mit mir ins Gericht gehen würde? Sie ist Künstlerin und würde sich wohl in meine Lage hineinversetzen können.«
Frau Ilse fühlte ihre alte Heftigkeit in sich aufsteigen. »Gerade, weil deine Eltern Künstler sind, Irma«, erwiderte sie mit vor Erregung funkelnden Augen, »und durch ihr Talent und ihre Leistungen so unendlich

hoch über jenen stehen, die sich durch ihre Geburt und ihr Geld für bevorrechtet halten, würde ihr Stolz nie gestatten, daß ihre Tochter in eine Familie eintritt, die hochmütig auf sie herabsieht. Es tut mir weh, Kind, daß sich nichts von diesem echten, edlen Stolz in deinem Charakter zu finden scheint. Selbst angenommen, daß dieser Hochstein dir treu bleibt, sollte dich der Gedanke abschrecken, daß seine Eltern dich nur dulden, nie aber mit wahrer Liebe aufnehmen würden.«

»Was gehen mich seine Eltern an, wenn er mich nur liebt!« sagte Irma.

Frau Ilse seufzte. »So hätte ich nicht gedacht, selbst als ich noch so jung war wie du, mein Kind. Doch je älter wir werden, desto mehr sehen wir ein, daß wir andre Menschen nicht nach uns beurteilen dürfen. Wenn du den Stolz, von dem ich sprach, nicht besitzt, kannst du auch nicht fühlen, was ich meine.«

Irma empfand die Worte als einen Tadel, fühlte auch unklar und unbestimmt, daß Großmama recht hatte, aber sie wollte jetzt lieber nicht darüber nachdenken. Sie ergriff schüchtern Ilses Hand, streichelte sie und wiederholte ihre Frage: »Was willst du tun, Großmama?«

»Wann hast du die nächste Zusammenkunft mit dem jungen Mann verabredet?«

»Mittwoch in acht Tagen.«

»Gut. Schreibt ihr euch?«

»Ab und zu.«

»Dann tust du es jetzt nicht. Verstehe mich recht, Irma! Wenn in dieser Zwischenzeit ein Brief von ihm kommt, so beantwortest du ihn nicht. An dem verabredeten Tag bleibst du zu Hause, und ich gehe an deiner Stelle.«

»Großmutter!« rief Irma entsetzt.

»Warum erschrickst du so davor? Ist das etwas so

Fürchterliches? Ich will selbst mit dem jungen Menschen reden und danach meine Entscheidung treffen.«
»Aber er wird böse auf mich sein, er wird mir das nie verzeihen!«
»Er hat dir nichts zu verzeihen. Ich werde ihm erzählen, wie der Hergang gewesen ist. Du brauchst nichts zu fürchten.«
»Laß mich wenigstens noch einmal schreiben, Großmama, damit er vorbereitet ist!«
»Unter keinen Umständen, Irma! Du hast mich belogen und betrogen, als ich dein Vertrauen zu gewinnen suchte. Trotzdem will ich dir Glauben schenken, wenn du mir jetzt versprichst, gehorsam zu sein, und will dir das Geschehene verzeihen. Ich will dir alle Freiheit lassen, dir nicht nachspüren, aber befolgst du jetzt nicht gewissenhaft, was ich sage, wo werde ich dir nie mehr vertrauen. Dann ist alles aus, und du kannst nicht mehr auf meine Liebe und Verzeihung rechnen.«
»Du hast mich doch verstanden?« fuhr die Großmutter fort. »Bis Mittwoch in acht Tagen suchst du keine Gelegenheit, Hochstein zu sehen, und schreibst ihm keine Zeile.«
»Ja, Großmama.«
»Gut, dann reden wir bis dahin auch kein Wort mehr darüber. Gib mir einen Kuß, Kind, und geh auf dein Zimmer! Ich möchte ein Stündchen allein sein.«
Traurig und niedergeschlagen verbrachte Irma die nächsten Tage. Oft nahte sich ihr die Versuchung, trotz dem gegebenen Versprechen Otto heimlich von dem Vorgefallenen zu unterrichten. Aber ihr besseres Ich trug den Sieg davon. Wenn sie bedachte, daß die Großmutter sie weder beaufsichtigte noch jemals fragte, wohin sie wolle, wenn sie sich zum Ausgehen rüstete, noch ihre Briefe durchsah, dann fühlte sie, daß sie sich verachten müßte, daß sie nie mehr wagen

würde, die Augen aufzuschlagen, wenn sie sich dieses Vertrauens unwert zeigte.
Sie war zu Agnes gegangen, hatte ihr unter Tränen ihr Herz ausgeschüttet und ihrem Zorn über Fräulein Müller in den kräftigsten Ausdrücken Luft gemacht. Aber obwohl Agnes gerne zugab, daß Tante Elisabeth auch jetzt wieder, wie immer, unausstehlich gewesen sei, fand Irma weiter keinen Trost bei ihr, denn Agnes verhehlte ihre Freude nicht, daß die Geschichte ehrlich herausgekommen war. Jetzt würde es sich zeigen, ob der glänzende Otto Hochstein es aufrichtig meinte oder ob all seine schönen Reden nicht nur hohle Phrasen waren. Agnes frohlockte innerlich geradezu über diese Wendung und wäre nur zu gern mit Frau Gontrau gegangen, um das Gesicht des jungen Herrn zu sehen, wenn er an Stelle der Enkelin die strenge Großmama erblicken würde. Dennoch ließ sie Irma keinen Spott fühlen, als sie sah, wie tief betrübt die Kleine war, und bemühte sich, sie aufzumuntern.
Irma hatte bisher ein unerschütterliches Vertrauen in Otto gesetzt; aber während sie ihn in warmen Worten rühmte und behauptete, Großmama und Agnes würden bald einsehen, wie unrecht sie ihm durch ihre Zweifel taten, nagte doch die Unruhe an ihrem armen Seelchen, und sie weinte in der Stille heiße Tränen bei dem Gedanken, ihr angebeteter Held könne die Probe vielleicht nicht mit Glanz bestehen. Was dann geschehen würde, wußte sie nicht und wagte auch gar nicht, danach zu fragen, denn sie bildete sich ein, sicher vor Gram zu sterben, wenn sie gezwungen würde, von ihm abzulassen.
Frau Ilse bemerkte wohl, was in der Seele ihrer Enkelin vorging. Sie hatte Mitleid mit ihr und suchte ihr Zerstreuung zu verschaffen; aber obgleich Irma nie darüber sprach, war sie doch so erfüllt von ihrem Kummer, daß sie alles andere gleichgültig ließ.

Onkel Heinz konnte es nicht mit ansehen, wie sich sein kleiner Liebling in Angst verzehrte, und tat alles, um sie aufzuheitern. Irma wußte, daß er bei Fräulein Müllers Besuch zugegen gewesen war, und als sie ihn danach zum erstenmal wiedersah, geriet sie in die peinlichste Verlegenheit. Der Professor aber machte es ihr leicht, er strich ihr liebevoll über den hübschen Krauskopf, murmelte etwas von »alles zurechtkommen und der garstigen alten Jungfer einmal eine gute Lehre geben«, so daß Irma ihn mit Tränen in den Augen dankbar anlächelte, ihm einen Kuß gab und ihm zuflüsterte: »Onkel Heinz, du bist der Beste, und dich hab' ich auch am allerliebsten.«

Es war ein herrlicher Frühlingstag, alles blühte und duftete. Flieder und Goldregen fingen an zu knospen, wie riesige Hochzeitssträuße leuchteten die Obstbäume, überall zeigte das frische, junge Grün seine immer von neuem entzückende Schönheit.

In heiterster Stimmung, die leuchtende Pracht um sich her in vollen Zügen genießend, angeregt und gehoben durch das überall ausschlagende, junge Leben, schritt Otto Hochstein durch das Wäldchen, in dem er schon oft Irma erwartet hatte. Er freute sich auf ihr Erscheinen, sah im Geist schon voraus, wie sie binnen weniger Minuten vor ihm stehen würde, in dem neuen schönen Frühjahrskostüm, von dem sie ihm letztesmal erzählt hatte, wie sie ihn mit den wunderbar tiefen Blauaugen ansehen, wie er mit ihr so freundlich und überzeugend reden würde, daß sie alles glaubte, was er ihr erzählte, und wie er ihr endlich einen Kuß auf die Lippen drücken durfte, die so schelmisch und bezaubernd lächeln konnten. Aber wo blieb sie nur? Sonst ließ sie nicht so lange auf sich warten; ja, es kam sogar vor, daß sie die erste am Platze war. Der junge Mann lächelte selbstgefällig in dem Gedanken, wie unwiderstehlich ihn das schöne Mädchen eigentlich finden mußte. Allmählich ergriff ihn eine sonderbare Unruhe, und er trat aus dem Wäldchen heraus, um die Straße zu überschauen. Nein, Irma ließ sich nicht blikken, nur eine hochgewachsene Dame näherte sich eiligen Schrittes. Da hielt er es für richtiger, sich zurückzuziehen und sich hinter dem hochaufgeschossenen Buschwerk zu verbergen. Ungeduldig eine Melodie summend, ging er hin und her. Was bildete sich die Kleine denn ein, ihn so lange warten zu lassen!

Plötzlich vernahm er dicht hinter sich das Rauschen eines Kleides. Fröhlich drehte er sich um, ein Scherzwort auf den Lippen, blieb aber wie versteinert stehen, als er in der vornehm in Schwarz gekleideten Dame Frau Gontrau erkannte.

Ein paar Augenblicke weidete sich diese offenbar an dem unverkennbaren Entsetzen des jungen Mannes, dann aber mußte sie unwillkürlich anerkennen, daß die elegante, geschmeidige Gestalt vor ihr, das schöne, übermütige Antlitz mit den blitzenden Augen und den feinen Zügen wohl etwas besonders Anziehendes für ein junges Mädchen haben müsse. Als liebende und etwas schwache Großmutter war sie nur zu geneigt, Irmas Betragen nicht verzeihlich, aber doch begreiflich zu finden.

Ottos Verlegenheit hielt nur einen Augenblick an, er sah sofort ein, daß etwas nicht in Ordnung war Zuerst schaute er Frau Gontrau mit einem Blicke an, als erkenne er sie nicht sogleich; dann, als ob ihm sein Gedächtnis zu Hilfe käme, verbeugte er sich und wollte mit einem ehrfurchtsvollen Gruß vorübergehen. Doch Ilses Blick zwang ihn stehenzubleiben. »Herr Hochstein, ich möchte mit Ihnen sprechen«, begann sie.

»Das wird mir eine große Ehre sein, gnädige Frau. Bin ich so glücklich, Ihnen einen Dienst erweisen zu können?«

Er tat vollkommen unbefangen, was Frau Gontrau reizte. »Sie brauchen mir gegenüber keine Komödie zu spielen, junger Mann«, herrschte sie ihn an. »Sie wissen sehr gut, weshalb ich hier bin.«
»In der Tat, gnädige Frau, ich bedaure . . .«
»Mit solchen Ausflüchten verschlechtern Sie nur die Sache«, fuhr Frau Gontrau, deren Augen vor Zorn funkelten, fort: »Ich würde besser von Ihnen denken, wenn Sie mir offen und ehrlich sagen, mit welchen Absichten Sie sich meiner Enkelin zu nahen wagten.«
»Ich hatte Fräulein Irma ersucht, vorläufig noch Schweigen über unser Verhältnis zu bewahren«, entgegnete Otto, noch sehr höflich, aber im Innern wütend auf Irma, weil sie seiner Meinung nach doch nicht den Mund gehalten hatte.
»Und sie war unverständig genug, sich an dieses Versprechen zu halten«, erwiderte Frau Ilse. Dann erzählte sie ihm in wenigen Worten, wie das Geheimnis an den Tag gekommen war.
Hochstein biß sich auf die Lippen. Er verzieh es Irma nicht, daß sie alles gestanden hatte; in der ersten Entrüstung hielt er sie sogar für fähig, die ganze Geschichte erfunden zu haben, weil sie nicht länger zu schweigen vermochte. Als er aber Ilse ins Gesicht schaute, sah er sofort, daß sie die Wahrheit gesprochen hatte.
Es erschien ihm also klüger, einen demütigeren Ton anzuschlagen. »Wenn Irma Ihnen alles mitgeteilt hat, gnädige Frau, dann werden Sie wohl auch vollkommen begreifen, warum ich die Sache – zu meinem Leidwesen – vorläufig noch geheimhalten muß.«
»Nein, mein Herr, das begreife ich nicht. Ich begreife durchaus nicht, wie ein feingebildeter Mann ein junges, unerfahrenes Mädchen dazu überreden suchen kann, ihre Familie zu hintergehen und ihren guten Namen aufs Spiel zu setzen. Irma ist ein Kind, das

nicht weiß, was es tut. Ich segne den Zufall, der mich von dem Vorgefallenen in Kenntnis gesetzt hat. Nach dem, was ich von Ihnen gehört und gesehen habe, will ich noch nicht urteilen, aber ich verlange, daß Sie, wenn Sie es ehrlich und gut mit dem Mädchen meinen, das Ihnen seine Liebe geschenkt hat, noch heute Ihren Eltern von Ihren Absichten Mitteilung machen.«

»Es tut mir leid, gnädige Frau, aber das kann ich nicht, und ich habe Irma auch die Gründe auseinandergesetzt.«

»Ja, und sie war damit zufrieden; ich aber bin es nicht. Hören Sie, Herr Hochstein, wenn Sie meine Enkelin wirklich lieben, dann mußten Sie erst mit Ihren Eltern sprechen, um Irma etwaige Enttäuschungen zu ersparen.«

»Ich habe ihr stets gesagt, daß ich mich nach bestandener Prüfung bemühen will, die Einwilligung meiner Eltern zu erhalten.«

»Sehr schön. Bis dahin darf aber dann zwischen Ihnen und Irma nicht das geringste Einverständnis mehr bestehen. Ihre Eltern mögen stolz sein; wir sind es nicht minder und – mit gleichem Recht.«

»So wollen Sie der Sache mit Gewalt ein Ende machen und uns unerbittlich auseinanderreißen, gnädige Frau?«

»Durchaus nicht. An dem Tag, an dem Ihr Herr Vater mich um die Hand meiner Enkelin ersucht, will ich um Irmas willen bei meinem Schwiegersohn, dem berühmten Künstler, ein gutes Wort für Sie einlegen. Ich glaube nämlich nicht, daß Irmas Eltern von ihrer Wahl sehr eingenommen sein werden.«

»Irma hat auch noch ein Wörtchen mitzureden«, rief Hochstein, der sich kaum mehr beherrschen konnte, »und ich zweifle nicht, daß sie sich Ihrer Grausamkeit widersetzen wird.«

»Soviel Stolz und Taktgefühl werde ich meiner Enkelin wohl noch einflößen können, um zu erkennen, daß sie mit einem jungen Mann, dessen Eltern sich erhaben über sie dünken, keine Zusammenkünfte mehr haben darf. Da ich nun weiß, wie ich handeln muß, fürchte ich Ihren Einfluß auf Irma nicht mehr.«

»Ist das Ihr letztes Wort, Frau Gontrau?«

»Mein letztes, bis Ihr Vater sich an mich oder an Irmas Eltern wendet und unsere Einwilligung zu der Verlobung erbittet.«

»Dann hoffe ich, Sie in nicht zu langer Zeit wiederzusehen«, sagte Otto mit verbissener Wut, indem er sich zum Abschied mit tadelloser Höflichkeit verbeugte.

»Das wird mir eine wahre Freude sein«, versetzte Frau Gontrau und entfernte sich.

So schnell sie konnte, eilte sie nach Hause; sie wußte ja, mit welcher Ungeduld Irma sie erwartete. Und doch hätte sie gewünscht, einen recht weiten Weg vor sich zu haben, denn sie brachte schlechte Nachricht für das arme Kind.

Das junge Mädchen kam ihr auch bereits im Flur entgegen. Auf Großmutters Antlitz las sie sofort ihr Urteil. Ohne etwas zu sagen, wartete sie, bis Frau Ilse Hut und Mantel abgelegt hatte und sie zu sich rief.

»Irma«, begann die alte Dame sehr sanft, »du bist doch wohl überzeugt, daß ich dich von ganzem Herzen liebhabe und alles tun möchte, um dir Kummer zu ersparen, nicht wahr?«

»Ja, Großmama.«

»So höre mich an, Kindchen! Ich glaube, du wirst dir die Geschichte mit Hochstein aus dem Sinn schlagen müssen; denn ich fürchte, er hat mit deinem hingebenden Vertrauen schändlich Mißbrauch getrieben, und es hat nie in seiner Absicht gelegen, sich mit dir zu verloben und dich zu seiner Frau zu machen.«

»Du fürchtest nur, Großmama, bist also doch nicht fest davon überzeugt. Was hat er denn gesagt?«

»Aus seiner ganzen Haltung, seinem Wesen, seinem Tun und Handeln ist mir das, was ich fürchtete, zur Gewißheit geworden. Ich habe ihm gesagt, daß sein Vater entweder bei mir oder bei deinen Eltern um deine Hand für seinen Sohn anhalten muß. Wenn das geschieht, reden wir weiter darüber. Aber bis dahin dürft ihr keinerlei Verkehr miteinander haben.«

Irma schwieg.

»Ihr dürft euch weder sehen noch schreiben. Ich erwarte beinahe mit Bestimmtheit, daß der junge Mensch durch leidenschaftliche Briefe versuchen wird, dich zum Ungehorsam zu verleiten. Wenn er dir schreibt, darfst du seine Briefe nicht lesen, sondern mußt sie mir geben.«

»Großmama!«

»Ich werde sie ihm ungeöffnet zurücksenden.«

»Nein, Großmama, das tue ich nicht!« rief Irma, ihre Ruhe verlierend. »Er würde denken, daß ich nichts mehr von ihm wissen will. Du hast nicht das Recht, ihn so zu behandeln. Warten wir, bis er seine Prüfung gemacht hat! Wenn er dann nicht mit seinen Eltern spricht und tut, was er mir gelobt hat und worauf ich fest vertraue, dann magst du ihn verurteilen.«

Frau Ilse wurde über den nichts weniger als ehrerbietigen Ton, in dem ihre Enkelin mit ihr sprach, nicht böse, sondern nahm die Hände des Mädchens sanft in die ihrigen und sagte ernst: »Ich habe ihm verboten, irgendwelche Beziehungen mit dir zu unterhalten. Handelt er meinem ausdrücklichen Wunsch zuwider, so zeigt er, daß er kein Ehrenmann ist. Überdies wird er sehr wohl begreifen, daß nicht du, sondern ich seine Briefe zurücksende. Gottlob wird's ja nicht lange dauern, bis wir vollkommene Klarheit haben. Er hat gelogen, als er sagte, daß er in drei bis vier Monaten seine Prüfung mache. Onkel Heinz weiß, daß sie in ebensoviel Wochen stattfindet.«

»Er hat mich überraschen wollen«, rief Irma mit bebenden Lippen und bemühte sich tapfer, ihre Tränen zurückzudrängen.
Die Großmutter schlang die Arme um sie und küßte sie. »Mein armes, liebes Kind!« sagte sie gerührt. »Es klingt hart, und doch muß ich es aussprechen: Sei nicht zu hoffnungsvoll, sondern bereite dich auf eine Enttäuschung vor! Ich fürchte, daß dir großes Leid bevorsteht, ein Kummer, den wir alle, die wir dich liebhaben, mit unsrer Sorge und Teilnahme dir nicht ersparen, nicht erleichtern können, den du ganz allein durchkämpfen mußt.« Sie ging hinaus und ließ das junge Mädchen allein.
Irma begab sich auf ihr Zimmer. Allerhand romantische Gedanken gingen ihr im Kopf herum. Sie empfand Zorn und Bitterkeit gegen ihre Großmutter. Wie kam sie nur dazu, sich ungebeten in Dinge zu mischen, die im Grunde nur sie, Irma, angingen! Sie war doch schließlich nicht ihre Mutter. Und die Kleine überlegte, ob es nicht das klügste wäre, ganz heimlich nach München abzudampfen, ihren Eltern alles zu erzählen und ihre Entscheidung zu erbitten. Aber erstens bangte ihr davor, die weite Reise allein zu unternehmen, zweitens fehlte ihr das nötige Geld, und endlich sagte ihr eine Stimme in ihrem Innern, daß ihre Eltern sicher Großmama recht geben, ja vielleicht noch strenger auftreten würden. Das war also nichts. Dann dachte sie daran, Gustav zu Hilfe zu rufen. Aber so, wie sie ihren Bruder kannte, sah sie ein, daß er ihr nicht helfen könne. Von Agnes war auch nichts zu erwarten. Endlich kam sie auf den verzweifelten Einfall, allem und allen zu trotzen, zu Otto zu gehen und ihm zu sagen, daß sie ihn liebe, ihm vertraue und ohne ihn nicht leben könne. Wußte auch er keinen Ausweg, so wollten sie zusammen auf und davon gehen; alles war besser, als voneinander zu lassen.

Nachdem sie sich wohl eine Stunde mit solchen abenteuerlichen Plänen beschäftigt hatte, wurde sie ruhiger und fing an einzusehen, daß ihr nichts übrigblieb, als sich vorläufig zu fügen. Aber sie tat es mit einem Herzen voll Groll, denn sie fühlte sich tief gekränkt und fand, daß ihr bitteres Unrecht geschah. Ihr Gehorsam wurde überdies auf eine schwere Probe gestellt. Zwei Tage später, als sie mit Großmama beim Frühstück saß und das Dienstmädchen die Post hereinbrachte, bemerkte sie, daß ein Brief von Otto an ihre Adresse darunter war. Auch Frau Ilse war dies nicht entgangen, aber sie stellte sich ganz unbefangen und tat, als sei sie völlig in ihre Zeitung vertieft. Zitternd ergriff Irma den Brief, es war, als brenne das Papier in ihrer Hand, als könne sie die flehenden, leidenschaftlichen Worte durch den Umschlag hindurch lesen, dann warf sie einen verstohlenen Blick nach der scheinbar ahnungslosen Großmama; hätte diese nur wenigstens gezeigt, daß sie wußte, von wem dieses Schreiben war! Aber auch jetzt vertraute sie Irmas Gehorsam vollkommen. Plötzlich warf das junge Mädchen den Brief vor die alte Dame auf den Tisch und rief mit erstickter Stimme: »Da hast du ihn! Aber du handelst schlecht, du tötest mich!«, und leidenschaftlich schluchzend ging sie hinaus.

Peinlich berührt schaute Frau Ilse ihr nach. Sie vermochte das Kind nicht zu verdammen, denn in diesem heftigen Ausbruch erkannte sie sich selbst wieder, wie sie vor vielen Jahren gewesen war. Sie fragte sich, wie sie in Irmas Alter unter den gleichen Verhältnissen gehandelt hätte, und kam zu der Einsicht, daß »der Trotzkopf« von damals vielleicht noch viel trotziger, eigensinniger und ungehorsamer gewesen wäre. Doch diese Selbsterkenntnis machte sie in ihrem Entschluß nicht wankend; wie groß ihr Mitleid mit dem Kind auch war, sie mußte fest bleiben und durfte sich nicht

von ihrem Gefühl beherrschen lassen. So nahm sie denn den Brief mit einem Seufzer auf, änderte die Adresse und sandte ihn zurück.
Noch nie war das Verhältnis zwischen Enkelin und Großmutter so unfreundlich gewesen wie in den Tagen und Wochen, die nun folgten. Schweigend, mit einem Ausdruck, der ihr reizendes Gesicht entstellte, saß Irma bei den Mahlzeiten. Sie sprach kaum ein Wort, und all die kleinen Vertraulichkeiten, die lieblichen Neckereien und Aufmerksamkeiten, die das Leben der beiden so gemütlich und fröhlich gemacht, hatten ein Ende. Frau Ilse beklagte sich nicht darüber. Sie tat, als bemerkte sie die Veränderung nicht, und bemühte sich, unbefangen und liebevoll wie gewöhnlich zu sein. Sie fühlte Mitleid mit dem Kind und schaute es nur dann traurig und vorwurfsvoll an, wenn sie auf eine freundliche Anrede eine schnippische und ungezogene Antwort bekam.
Arme, kleine Irma! Sie konnte sich nicht aufraffen. Bisher war ihr Leben sonnig und ungetrübt gewesen, Kummer und Enttäuschung waren ihr unbekannt, und nun konnte sie sich nicht damit abfinden. Am meisten verletzte sie, daß sie so wenig Verständnis fand, wenn sie jemanden ihr Leid klagen wollte. Der Großmutter stand sie geradezu feindlich gegenüber, und Agnes schalt darüber, daß sie sich so abscheulich benahm. Der einzige, bei dem sie, wenn auch keinen Trost, so doch zärtliche Anteilnahme fand, war Onkel Heinz. Er teilte vollkommen die Ansicht seiner alten Freundin Ilse, das wußte Irma, und in seiner Gegenwart legte sie ihrer Ungezogenheit und schlechten Laune Zügel an. Andererseits aber bemühte er sich nach Kräften, sie aufzuheitern, indem er allerlei nette Pläne ausheckte, ihr häufig etwas mitbrachte und sie mehr verhätschelte denn je.
Eines Abends, etwa drei Wochen nach den erzählten

Vorfällen, zeigte er dem jungen Mädchen eine Zeitungsnotiz mit dem Inhalt, daß Hochstein seine Referendarprüfung abgelegt habe. Mit dunkelrotem Gesichtchen und glänzenden Augen schaute sie zu ihm auf, nahm ihm dann das Blatt aus der Hand und ging damit zur Großmutter.

Ilse las; auch sie war angenehm überrascht. »Nun, Irma«, sagte sie freundlich, »ich hoffe von Herzen, daß dein Freund unsrer Spannung rasch ein Ende macht; niemand wäre froher als ich, wenn er beweisen würde, daß ich ihn falsch beurteilt habe.«

»Das wird er sicher können, Großmama«, versetzte Irma triumphierend.

Die nächsten Tage verbrachte sie in fieberhafter Erregung, die sich noch steigerte, sooft sie den Postboten erwartete. Sie sprach wieder und wieder mit der Großmama über die Möglichkeit, ja Gewißheit, daß sie von Otto Nachricht bekommen würde, sie hielt an ihren alten Einbildungen fest und wollte das Angstgefühl, das sie oft beschlich, nicht aufkommen lassen. Tage, Wochen vergingen, keine Nachricht kam. Da flehte sie, an ihn schreiben zu dürfen, um anzufragen, ob er mit seinem Vater gesprochen habe.

Die Großmutter weigerte sich entschieden, diese Erlaubnis zu geben.

»Ich schreibe doch«, rief Irma, »ich muß Gewißheit haben! So kann ich nicht weiterleben.«

»Du mußt wissen, was du tust«, entgegnete die Großmutter ruhig. »Wenn du dich so erniedrigst, deine weibliche Würde mit Füßen trittst und mir ungehorsam bist, schreibe ich noch heute an deine Eltern; dann ist hier kein Platz mehr für dich.«

Vor Aufregung zitternd, blickte das junge Mädchen die alte Dame an, aber in den ernsten, dunklen Augen war nur unbeugsame Festigkeit zu lesen. Zornig mit den Füßen stampfend wandte sich Irma ab.

Die Versuchung, ungehorsam zu sein und ihrer Sehnsucht nachzugeben, wäre vielleicht doch übermächtig geworden. Da kam endlich die erwartete Entscheidung, wenn auch in ganz anderer Weise, als Irma sich eingebildet hatte. Einige Tage später nämlich reichte die Großmutter ihrer Enkelin einen offenen Brief, der, von der wohlbekannten Hand geschrieben, ihre Adresse trug.

Das Blut stieg Irma ungestüm in die Wangen, dann wurde sie blaß und öffnete zitternd das Blatt. Es war eine gedruckte Anzeige der Verlobung Otto von Hochsteins mit Laura von Staufenberg. Einige Sekunden starrte Irma wie geistesabwesend auf den verhängnisvollen Bogen, der all ihre Hoffnungen zerstörte, allem Liebesglück und Vertrauen ein jähes und grausames Ende bereitete. Sie strich sich mit der Hand über die Stirn, stand auf und wollte der Großmama die Verlobungsanzeige zurückgeben, aber plötzlich drehte sich das ganze Zimmer mit ihr im Kreis, sie schwankte und brach mit einem Wehlaut zusammen.

Als sie wieder zu sich kam, lag sie in ihrem Zimmer auf dem Liegesofa. Über sie gebeugt stand die Großmama, die ihr Stirn und Schläfen mit Kölnischwasser bestrich und sie so unendlich liebevoll und zärtlich besorgt anschaute, daß Irma die Arme um den Hals der alten Dame schlang und in ein fassungsloses, leidenschaftliches Schluchzen ausbrach.

Kein Wort des Tadels oder Vorwurfs kam über Frau Gontraus Lippen. Sie küßte das Kind, preßte es an sich und suchte es zu beruhigen.

Irma weinte, als sollte ihr das Herz brechen.

»Es ist furchtbar hart«, flüsterte Großmutter endlich, »aber du mußt darüber hinwegkommen, Liebling, du mußt.«

»Ich kann nicht!« Er war mein ein und alles, Großmama, und mein Vertrauen zu ihm war grenzenlos.«

»Armes Kind, fühlst du denn nicht, wie furchtbar er dich beleidigt, wie schändlich er dich behandelt hat?«
»Ich weiß nicht«, stöhnte die Kleine, »ich fühle nur, daß ich ihn liebe.«
Frau Ilse seufzte, aber sie sah ein, daß Trostesworte vorläufig noch wirkungslos waren. Nur allmählich konnte es gelingen, bei Irma das Gefühl der Gekränktheit und des beleidigten Stolzes wachzurufen, das ihr über diese erste bittere Enttäuschung hinweghelfen würde.
Als Professor Fuchs das Vorgefallene erfuhr, wurde er wütend, und ein heftiger Gichtanfall packt ihn. Er entwarf die wahnsinnigsten Pläne, wollte Hochsteins Handlungsweise überall verkünden und ihn dadurch bei seinen Freunden unmöglich machen. Nur mit Mühe gelang es seiner alten Freundin, ihn zur Vernunft zu bringen und ihm klarzumachen, daß stolzes Schweigen das Beste und Würdigste sei.
Während der nächsten Wochen schien es, als sei Irma durch diesen Schlag vollständig geknickt. Mit beunruhigend blassem Gesicht und mattem Lächeln ging sie umher, und eine große Mutlosigkeit hatte sich ihrer bemächtigt. Ihre schelmische Munterkeit, ihr kecker Übermut waren vollständig verschwunden. Ein freundliches Wort, eine Liebkosung trieben ihr Tränen in die Augen, und alle Pläne der Großmutter, ihr eine Zerstreuung zu verschaffen, beantwortete sie mit einem gleichgültigen: »Nein, lieber nicht, Großmama.«
Selbst ihre Kleider machten ihr keine Freude mehr, und das war ein böses Zeichen. Das kleine, eitle Geschöpf, das sonst mit einem Ernst, als gälte es die wichtigsten Dinge, über eine hübsche Bluse oder ein neues Kleid zu reden pflegte, zog des Morgens das erste beste an, was ihr unter die Hände kam. Das prachtvolle Haar wurde nicht wie früher sorgfältig fri-

siert, sondern nachlässig und lose aufgesteckt, ohne daß Irma den Spiegel zu Rate zog. Am liebsten saß sie ganze Tage allein auf ihrem Zimmer, und nur mit Mühe ließ sie sich überreden, hinunterzukommen. Die Großmutter duldete es freilich nicht, daß sie sich ganz absonderte, und zwang sie, im Familienkreis zu erscheinen.

Onkel Fritz und Tante Marianne wußten zwar nicht genau, was vorgefallen war, aber so weit waren sie doch eingeweiht, daß sie sich Irmas verändertes Wesen erklären konnten. Sie sowohl wie Maud spielten mit keiner Silbe auf die Veranlassung an, sondern taten im Gegenteil, als merkten sie nichts. Beide hegten großes Mitleid für die Kleine und bemühten sich in unauffälliger Weise, sie etwas aufzuheitern.

Onkel Heinz war durch einen heftigen Anfall seines alten Leidens ans Haus gebunden. Der Zorn über Hochstein, der Ärger, daß er ihn nicht zur Verantwortung ziehen durfte und die ganze Wut hinunterschlucken mußte, verschlimmerten das Übel in hohem Grad. Aber während der Professor sich sonst unter ähnlichen Umständen ganz ungenießbar zeigte und jeden, der es wagte, ihn zu besuchen, durch seine schlechte Laune und seine bissigen Ausfälle forttrieb, schrieb er jetzt humoristische Briefchen an Irma und bat sie, zu ihm zu kommen. Als sie seiner Einladung folgte, erzählte er ihr die lustigsten Schnurren und verstand es meisterlich, sie aufzuheitern, daß sie lachen mußte und ihr Leid, wenigstens für kurze Zeit, vergaß.

Müllers rüsteten allmählich zu Mauds Hochzeit. Nur noch einige Wochen, dann kam John, um seine Braut zu holen. Erst wollten sie eine schöne Hochzeitsreise durch Europa machen und sich dann in San Franzisko niederlassen.

Irma nahm an diesen festlichen Vorbereitungen nicht teil. Als Gustav und Flora sowie Reichers – denn auch Hans war eingeladen – ihre baldige Ankunft meldeten und Herr und Frau Holten gleichfalls schrieben, daß sie kommen würden, bat Irma unter Tränen Großmama, ob es nicht möglich sei, sie für diese Zeit fortzuschicken. Sie fühlte sich außerstande, all die Festlichkeiten mitzumachen; sie würde zu viel an ihren eigenen Herzenskummer denken müssen und schwer darunter leiden.
Frau Ilse schüttelte den Kopf. »Hör einmal, Kindchen«, sagte sie fest, »es wird Zeit, daß wir ein ernstes Wort miteinander reden. Du mußt doch endlich einsehen, daß du dich nicht ausschließlich deinem Schmerz hingeben darfst. Hochstein ist für dich verloren, davon mußt du überzeugt sein.«
»Das bin ich ja«, entgegnete Irma, »aber eben deshalb hat mein Leben keinen Wert mehr für mich.«
»Unsinn! Du mußt einsehen lernen, daß der Mensch es gar nicht wert ist, daß du so um ihn trauerst. Kommst du nicht zu Mauds Hochzeit, so weiß jeder, weshalb. Was ich dir jetzt sagen muß, Irma, ist hart, aber ein deutliches Wort ist bei dir wirklich nötig. Ein Mädchen, dem so mitgespielt wurde wie dir, findet wohl Teilnahme. Zeigt sie aber jedem, daß sie sich um solch einen unwürdigen Gecken grämt, so lacht man schließlich über sie. Kannst du deine Enttäuschung noch nicht verwinden, so trage deinen Kummer wenigstens still, damit du den Leuten nicht das Recht gibst, sich über dich lustig zu machen!«
Irma richtete sich auf; Großmutters Worte trafen sie wie Peitschenhiebe, und unwillkürlich zog sie ihre Hand zurück, als die alte Dame sie zärtlich streicheln wollte; aber sie weinte nicht mehr, und in der stillen Hoffnung, daß ihre Worte doch ihren Zweck erfüllen würden, zog sich Frau Ilse zurück.

»Ich muß Großmama beipflichten«, sagte Agnes an demselben Nachmittag, als Irma ihr von dieser Unterredung erzählte; »es ist geradeso, als ob du keinen Stolz mehr besäßest.«
Wie gewöhnlich lag Irma auf ihrer Ruhebank; sie zeigte sich aber nicht mehr ganz so teilnahmslos und gleichgültig wie sonst, wenn sie auch nicht zugeben wollte, daß die Großmama recht habe. »Du verstehst mich nicht, Agnes«, erwiderte sie. »Du bist verlobt und behauptest, Ludwig zu lieben, aber du bist viel zu nüchtern und praktisch, um zu fühlen, was wahre Liebe ist.«
Agnes lachte. »Wenn wahre Liebe darin besteht, sich mit Füßen treten zu lassen und jemand nachzuträumen, der deutlich zeigte, daß er nur mit einem gespielt hat, dann – ja, dann habe ich keinen Schimmer davon, denn so etwas ließe ich mir nicht bieten.«
»Agnes«, rief Irma, im höchsten Grade erzürnt, »wenn Großmama mir solche Dinge sagt, mag das noch hingehen, von dir vertrage ich das nicht!«
»Und doch ist es die Wahrheit«, fuhr die andere eifrig fort. »Komm her!« Sie zog ihre widerstrebende Kusine vor den Spiegel. »Schau dich einmal an! Ist's nicht jammerschade, daß ein Mädchen wie du, so schön, mit solcher Gestalt, solchem Haar und solchen Augen, sich um dieses Menschen willen so häßlich macht? Du bist wirklich in letzter Zeit nicht hübscher geworden.«
»Was liegt mir daran?« versetzte Irma. Aber sie schaute doch in den Spiegel, und ihr wurde angst, daß Agnes am Ende wohl recht haben könne.
Diese bemerkte ihren Vorteil und fuhr mit gesteigerter Wärme und Innigkeit fort: »Liebes Kind, du kannst für den einen hundert andere bekommen. Wäre ich so schön wie du, wahrlich, ich würde ihm die Freude nicht gönnen, mit spöttischem Mitleid über mich die Achseln zu zucken.«

»Das Vergnügen soll ihm nicht zuteil werden«, rief Irma; »er braucht doch nicht zu wissen, daß ich mich um ihn gräme.«
»Als ob ihm das nicht zu Ohren kommen würde! Machst du Mauds Hochzeit nicht mit, so erfährt er das sicher. Es kommen mehrere Leute, die ihn kennen. Soll er denn denken, daß du ohne ihn nicht leben kannst? Weißt du, was du tun müßtest?«
»Nein.«
»Zur Hochzeit gehen, dich so schön wie möglich machen und so lustig sein, daß keine Seele etwas merkt. Glaube mir, ich kenne die Welt besser als du! Wenn Hochstein denken muß, daß du dir's nicht zu Herzen nimmst, wird er sich ärgern, und das ist doch wohl die geringste Strafe, die er verdient.«
Der matte, gleichgültige Ausdruck in Irmas Augen verschwand, ihre Wangen röteten sich, und mit einem schwachen, selbstzufriedenen Lächeln nickte sie ihrem Spiegelbild zu. »Vielleicht hast du recht«, sagte sie, »ich will mich bemühen, deinem Rat zu folgen. Versprich mir nur eins: nie mehr über Otto zu reden!«
»An mir wird es nicht liegen, wenn es doch geschieht«, entgegnete Agnes munter, »denn ein angenehmer Gesprächsstoff ist er für mich wirklich nie gewesen.«
Von nun an ging mit Irma eine Veränderung vor sich. Als ihre Eltern kamen und Ruth, die von ihrer Mutter in alles eingeweiht worden war, sie schweigend mit vielsagender Innigkeit umarmte, setzte ihr Töchterlein sie in Erstaunen, indem es lachend rief: »Hör einmal, Mamachen, wenn du glaubst, mich bemitleiden zu müssen, bist du auf dem Holzweg! Großmama hätte dir die kindische Geschichte mit Hochstein nicht zu erzählen brauchen. Ich habe sie längst vergessen.«
»Aber Kind, ich glaubte dich ganz niedergebeugt und traurig zu finden! Ich dachte, du liebst ihn.«
»Ach wo denn, ich bildete mir das nur ein! Jetzt weiß

ich, daß es so ganz gut ist, und habe es völlig überwunden.«
»Um so besser, mein Liebling«, sagte die Mutter erfreut. Aber als sie der Großmutter Irmas Worte wiederholte, schüttelte diese das alte, graue Haupt.
»Mamachen, du bist doch nie zufrieden!« meinte Ruth etwas ärgerlich. »Was willst du denn mehr? Wir können doch wirklich froh sein, daß die Kleine die Geschichte so verständig auffaßt!«
»Liebe Ruth«, versetzte Ilse nachdenklich, »der Übergang ist mir zu plötzlich. Wir mußten Irma aus ihrer Teilnahmslosigkeit förmlich aufrütteln, indem wir ihren Stolz und ihre Eigenliebe zu Hilfe riefen; nun aber fürchte ich, daß ihre Eitelkeit den Sieg davongetragen und sie zu irgendeinem dummen Streich verleiten wird.«
Ungläubig schaute Ruth die Mutter an.
»Zum Beispiel«, fuhr die Großmutter leise fort, »scheint mir die Gefahr zu bestehen, daß Irma aus Trotz den erstbesten Mann nimmt.«
Frau Holten schwieg; an solch eine Möglichkeit hatte sie noch nicht gedacht. »Ich glaube, du übertreibst, Mama«, sagte sie endlich. »Irma ist in jeder Hinsicht noch das reine Kind.«
»Eben darum«, behauptete Ilse, aber da ihre Enkelin gerade ins Zimmer trat, wurde das Gespräch nicht fortgesetzt.

Der Bräutigam, John Forster, war angekommen und machte auf seine neuen Verwandten einen sehr angenehmen Eindruck. Er war ein großer, stattlicher junger Mann, blond und breitschultrig, mit entschlossenem Ausdruck in den stahlblauen Augen und großer Ruhe und Gelassenheit in seinem Auftreten. Er und Maud bildeten ein sehr gesetztes Paar. Flora, die mit ihrem Mann bei Großmutter Gontrau wohnte, wunderte sich im stillen, daß Braut und Bräutigam nach so langer Trennung einen ganzen Abend beisammen sein, sich mit jedem gemütlich unterhalten konnten und nicht einzig und allein füreinander Ohren und Augen hatten.

Als Flora schüchtern bemerkte, daß John und Maud nicht den Eindruck eines verliebten Paares machten, lachte die junge Braut so heiter und herzlich, und aus ihren hübschen, ernsten Augen strahlte ein so sonniges Glück, daß niemand an der innigen Liebe und Zuneigung der beiden zweifeln konnte.

Onkel Heinz, der mit Hilfe eines Stockes wieder umherhumpelte, setzte die ganze Familie, die ihn noch ans Zimmer gebunden glaubte, in Erstaunen, als er plötzlich eines Abends in ihrem Kreis erschien. Er unterhielt sich viel mit dem jungen Amerikaner; aber als Hans Reicher ankam, hätte der Professor leicht in den Verdacht der Unbeständigkeit und Launenhaftigkeit kommen können, denn nun zog er die Gesellschaft des jungen Gutsbesitzers jeder andern vor und vertiefte sich mit ihm in alle möglichen Fragen des Ackerbaus und der Viehzucht. Hans verweilte gern bei dem alten Sonderling. Onkel Heinz hatte sich sofort angeboten, ihn als Logiergast aufzunehmen, und da bei Müllers wie bei Ilse Gontrau das Haus besetzt war, nahm Hans dieses Anerbieten dankend an.

Große Hochzeitsfeierlichkeiten sollten nicht stattfinden; die Abende aber, die dem Fest vorangingen, verbrachte die Familie stets gemeinsam. Es wurde viel musiziert, mitunter auch getanzt und das Zusammensein mit einem gemütlichen Abendessen beschlossen. Irma nahm so heiter an allem teil, daß sich jeder darüber wunderte. Als sie am ersten Abend erschien, anmutiger denn je, in einem hellgrünen, duftigen Kleid, schelmisch und ausgelassen wie früher, mit der Jugend Unsinn trieb, die älteren Herren durch ihr Geplauder

bezauberte, so daß sie bald wieder der Mittelpunkt war, um den sich alles drehte, schüttelte Maud ernst den Kopf und flüsterte ihrer Schwester zu: »Irma ist doch wirklich sehr kokett! Von ihr kann man auch sagen: Viel Lärm um nichts.«
Agnes schwieg und schaute Irma bekümmert an, die gerade auf dem Sofa saß. Vor ihr stand Hans Reicher und hörte mit ernster Miene ihrem Geplauder zu. Das Mädchen war bildschön, wenn möglich noch schöner als früher, aber Irmas Benehmen fehlte das reizend Kindliche, das sie so unwiderstehlich gemacht hatte. Mit ausgesprochener Gefallsucht streckte sie den Fuß vor, um dessen tadellose Form zur Geltung zu bringen; sie bemühte sich, während sie saß, die anmutigste Haltung anzunehmen, lehnte ihr blondlockiges Köpfchen an den Sessel, weil sie wußte, daß es sich von dem roten Plüsch besonders vorteilhaft abhob; sie lachte, um ihre Perlzähne zu zeigen, sie schlug die großen Vergißmeinnichtaugen bald schüchtern, bald wieder übermütig auf und bemerkte mit einem häßlichen Triumphgefühl befriedigter Eitelkeit, wie sie den guten Hans in Verwirrung brachte.
»Ob Hans weiß, was Irma durchgemacht hat?« fragte Maud plötzlich ihre Schwester.
»Nein, wer sollte ihm das erzählt haben?«
»Ich dachte, du oder Ludwig.«
»Ich werde mich hüten. Wir haben nicht das Recht, Irmas Geheimnis an die große Glocke zu hängen; das wäre garstig.«
»Allerdings«, gab Maud zu, »aber ich glaube, der arme Hans hat wieder Feuer gefangen, und siehst du denn nicht, wie furchtbar sie mit ihm kokettiert?«
»Gewiß, aber weil sie so stark aufträgt, wird er's wohl merken, und tut er das nicht, so ist er ein Schaf«, entgegnete Agnes unwillig.
Hans Reicher war der Einladung zu Mauds Hochzeit

mit schwerem Herzen gefolgt. Ihm bangte vor dem Wiedersehen mit Irma. Fern von ihr, in Anspruch genommen durch seinen Beruf und seine vielen Geschäfte, hatte er die Kraft besessen, seinen Kummer zu beherrschen, das Unvermeidliche zu tragen, ohne sich in Sehnsucht zu verzehren nach einem Glück, das ihm unerreichbar dünkte. In den ersten Wochen nach Gustavs und Floras Hochzeit hatte er täglich die Anzeige von Irmas Verlobung mit Hochstein erwartet und als diese nicht kam, schließlich Ludwig ausgeforscht.
Aber der Bruder, der von seiner Braut nicht in Irmas Herzensgeheimnis eingeweiht war, hatte nichts gewußt, und Hans, zu stolz, um sich bedauern zu lassen, hatte nicht weiter geforscht und nicht widersprochen, als Ludwig eine Anspielung machte, daß seine Zuneigung für das schöne Mädchen rasch verflogen zu sein scheine.
Trotz aller Vernunftsgründe, die dafür sprachen, die Einladung abzulehnen und Irma nicht wiederzusehen, um seine teuer erkaufte Ruhe nicht von neuem aufs Spiel zu setzen, war er doch zur Hochzeit gekommen, getrieben von seiner Sehnsucht nach Irma. Er hatte sich aber fest vorgenommen, ihr kühl gegenüberzutreten und ja nie als der unglücklich Liebende zu erscheinen, um nicht ausgelacht zu werden.
Irma begrüßte ihn mit unerwarteter Herzlichkeit. Sie sprach so freundlich mit ihm, bewies plötzlich so viel Teilnahme an allem, was ihn betraf, schaute ihn so merkwürdig an, daß der arme Hans seine guten Vorsätze vergaß und seine Hoffnung, Irma dereinst doch die Seine zu nennen, sich auf Riesenschwingen emporhob. Von Hochstein hörte er nichts, also war das doch nur ein vorübergehender Flirt gewesen. Seine Klugheit verließ ihn vollständig; er war wie mit Blindheit geschlagen, merkte die Gefallsucht des schönen Mädchens nicht, sondern sah dieses in dem Licht, in

dem er es sehen wollte, und so kam er zu dem Entschluß, nicht eher heimzukehren, als bis er Gewißheit hätte.

An dem Abend, an dem Maud ihre Schwester auf Irmas leichtfertiges Betragen aufmerksam machte, fühlte sich Hans im siebenten Himmel. Er erzählte von seinem Schaffen und Streben, von den Verbesserungen, die er in den letzten Jahren eingeführt habe, und Irma tat, als lausche sie aufmerksam, klappte dabei ihren Fächer auf und zu, hielt ihn aber des öfteren vors Gesicht, um ihr unterdrücktes Gähnen zu verbergen, und sagte endlich: »Trotz alledem ist's doch wohl ein bißchen langweilig, immer auf dem Land zu sitzen, wie? Möchten Sie nicht lieber in einer großen Stadt wohnen?«

»Bisher habe ich mich noch nie danach gesehnt. Ich fühlte mich in meiner Umgebung und bei meiner Arbeit vollkommen glücklich.«

»Sie sprechen von ›bisher‹; ist es denn jetzt nicht mehr so?«

»Jetzt bin ich nahe daran, mir einen Beruf zu wünschen, der mich mehr unter Menschen und in das Leben und Treiben der Großstadt führt.«

»Wie ist das möglich?« fragte Irma mit der unschuldigsten Miene von der Welt. »Warum denn?«

Hans beugte sich zu ihr herab. Er sah bleich aus, und seine Lippen bebten, als er ihr zuflüsterte: »Weil ich es dann eher wagen würde, eine Bitte auszusprechen . . .«

»Hans«, ertönte plötzlich die barsche Stimme von Professor Fuchs.

»Wir brauchen einen vierten Mann zum Whist. Von Ludwig kann natürlich nicht die Rede sein; als Bräutigam ist er verliebt und also nicht normal. Kommen Sie nur mit, mein Junge!«

»Aber Onkel Heinz«, schmollte Irma, »da sind doch noch Gustav und Papa!«

Der alte Herr fing an zu lachen. »Mit den beiden spiele ich nicht; ich glaube nicht, daß sie einen Buben von einem König unterscheiden können.«
»Ich habe keine Lust, Irma im Stich zu lassen, Herr Professor«, wehrte sich Hans, »ich mache mir nichts aus Whist.«
»Der Mensch kann nicht immer tun, was er am liebsten mag. Wenn ich den ganzen Abend das Getue und Geschwätz der Leute hier sehen und anhören muß, kriege ich einen neuen Gichtanfall. Also erbarmen Sie sich des alten Brummbären!«
Hans schaute Irma an. Sie lachte ihm mit solcher Verheißung in den strahlenden Augen zu, daß ihm vor seliger Erwartung schwindelte. Er ergriff ihr Händchen, drückte es so kräftig und lange, bis es förmlich weh tat, und folgte Onkel Heinz.
Irma seufzte und lächelte doch zugleich. Ihr gegenüber hing ein großer Spiegel; sie schaute hinein und dachte gerade, wie wunderhübsch sie doch eigentlich sei, als sie im Glas den ernsten Blick der Großmama begegnete, die sie ruhig und streng anschaute. Da wandte sie sich ab und wurde rot bis unter die Haarwurzeln. Aber sie befand sich in übermütiger Laune. Der Kummer, den sie erlitten, hatte sie zuerst fast zerschmettert; dann hatte die arge Niederlage ihrer Eitelkeit den Schmerz verdrängt, und das Gefühl des Unglücks und der Trauer hatte sich in Bitterkeit umgewandelt. Sie war an ihrem wundesten Punkt getroffen worden, nun raste sie weiter auf dem Weg, den sie einmal eingeschlagen hatte. Als Hans ihr an diesem Abend das Geleite gab und ihr beim Einsteigen in den Wagen zuflüsterte: »Darf ich Ihnen morgen weitererzählen, Irma, was ich erbitten möchte und was mich so unendlich glücklich machen würde?«, neigte sie ihr Köpfchen, zog die Hand zurück und lispelte kokett. »Ich habe wirklich gar keine Ahnung, was das sein

kann; aber wenn Sie mich zu Ihrer Vertrauten machen wollen, ist mir's recht.«
Nun stand sie in ihrem Schlafzimmer vor dem Spiegel und bürstete ihr Goldhaar.
Da öffnete sich die Tür ihres Zimmers, und Frau Ilse, bereits im Nachtgewand, das weiße Haar unter einer Haube verborgen, trat ein.
»Ist etwas geschehen, Großmama?« fragte Irma erschreckt. »Ist dir nicht wohl?«
»Ich wollte noch mit dir sprechen, Kind.«
Irma blickte die Großmutter in das feine Antlitz, das einen sehr strengen Ausdruck zeigte; und als ahnte sie den Zweck dieser Unterredung, unterdrückte sie ein Gähnen, blickte nach der Wanduhr und sagte: »Es ist schon spät.«
»Das tut nichts. Ich finde keine Ruhe, bevor ich dich nicht gefragt habe, ob du die Absicht hast, Hans Reicher zu nehmen, wenn er sich um dich bewirbt.«
Irma wurde glühend rot. »Ja«, sagte sie, und fügte spottend hinzu: »Findest du das nicht herrlich, solch einen guten Mann, auf den ihr alle so große Stücke haltet? Diesmal kannst du doch nichts gegen meine Wahl einwenden?«
»Liebst du Hans?« fragte Ilse streng.
»Ich glaube. Auch ist es schon sechs Wochen her, seit Hochstein seine Verlobung anzeigte. Da wird es hohe Zeit, daß er von mir Ähnliches hört.«
»Du willst Hans heiraten, ohne ihn zu lieben, nur aus Trotz und gekränkter Eitelkeit?«
»Warum nicht, Großmama? Du hast selbst gesagt, ich müsse meinen Kummer überwinden; ich würde für rührselig und verschroben gehalten werden, wenn ich fortführe zu trauern. Nun wird wenigstens keiner mehr über mich lachen.«
»Du solltest meine Worte nicht absichtlich verkehrt auslegen«, erwiderte Ilse, und ihre dunklen Augen

schauten Irma so strafend an, daß sie die ihren niederschlug. »Du weißt ganz gut, was ich meinte. Du bist im Begriff, eine große Dummheit zu begehen und eine Schlechtigkeit obendrein. Wem nützt es etwas, wenn du dich und Hans unglücklich machst? Glaubst du, daß Otto Hochstein sich das zu Herzen nehmen würde?«

»Es würde ihn wenigstens ärgern, wenn er sieht, daß ich ihn so rasch vergessen habe.«

»Und um eines so armseligen Triumphes willen, dessen du überdies noch nicht einmal sicher bist, willst du dich erniedrigen, indem du einen Mann heiratest, den du nicht liebst? Das verbiete ich dir, Irma. Ich warne dich, ich will das nicht!«

»Aber ich will!« rief Irma auffahrend und in einem Ton, den sie ihrer Großmutter gegenüber noch nie angeschlagen hatte. »Wenn Hans um mich anhält, nehme ich ihn; ich will doch sehen, wer mir das verbieten kann!« Mit blitzenden Augen stand sie vor der alten Dame.

Frau Ilse blickte ihre Enkelin an und erkannte sich selbst in dem aufgeregten, überreizten Kinde wieder, das jedem Vernunftsgrunde unzugänglich war und alles aufopfern wollte, um seinem trotzigen Sinn zu folgen. Die alte Frau fühlte ihren Zorn schwinden; sie begriff, daß der Kummer und die Enttäuschung, die Irma erfahren hatte, schlecht auf ihren Charakter wirkten, anstatt sie demütig und geduldig zu machen, den Geist des Widerstandes und gekränkten Stolzes in ihr weckten. Sie sah ein, daß mit Gewalt und Strenge hier nichts auszurichten war. »Wirst du Hans sagen, was du erlebt hast?« fragte sie ruhig.

»Nein, natürlich nicht.«

»So hast du also die Absicht, ihn zu betrügen?«

»Otto hat mich auch betrogen.«

»Ist das ein Grund? Mußt du so schlecht sein wie er?«

»Das ist mir ganz einerlei«, rief Irma heftig. »Du kannst stundenlang reden, Großmama. Ich will der Welt zeigen, daß Irma Holten um einen neuen Anbeter nicht verlegen ist, wenn der alte sie im Stich gelassen hat.«

»Denke darüber nach, Kind! Ich warne dich zum letztenmal.«

Aber Irma wandte sich ab und gab keine Antwort mehr.

Großmutter Gontrau verbrachte eine schlaflose Nacht, und als sie am nächsten Tag am Frühstückstisch erschien, sah sie so angegriffen aus, daß es allen auffiel. Auf die Frage, was ihr fehle, erwiderte sie, daß sie nur ein wenig Kopfweh habe; sie sehne sich nach frischer Luft und wolle einen kleinen Spaziergang machen. Ruth erbot sich, die Mutter zu begleiten, doch Frau Ilse wünschte allein zu gehen, dann brauche sie nicht zu reden. Irma und Flora sollten den Morgen benützen, um ihre Kleider für das große Ereignis, die Hochzeit, in Ordnung zu bringen, und die andern hätten gewiß noch manches zu besorgen, und sie wolle niemanden stören.

Großmutter Ilse ging nicht weit. Das Gartentor von Müllers Villa stand offen, und in der Laube saßen Maud und John. »Was, liebe Großmama, du hast dich schon so früh aufgemacht?«

»Ja, ich hatte ein paar Besorgungen zu machen und wollte mich hier ein Weilchen ausruhen. Du brauchst Mama nicht zu rufen, ich weiß, wieviel sie zu tun hat. Wo sind die jungen Leute?«

»Ludwig und Agnes sind spazierengegangen. Natürlich, wenn sie einmal auskneifen können, tun sie's mehr als gern. Hans war eben hier, jetzt ist er mit Papa hinten im Garten.«

»So will ich ihn aufsuchen, ich muß ihm etwas sagen. Nein, liebes Kind, nicht neugierig sein! Du weißt, in

den Hochzeitstagen hat die Familie eine Menge Geheimnisse, von denen das Brautpaar nichts wissen darf.«
»Ich bin nicht neugierig!« erwiderte Maud und setzte sich ruhig wieder neben John, der ihr aus einer englischen Zeitung vorlas, während sie mit einer Handarbeit beschäftigt war.
Hans kam gerade um die Ecke und zeigte sich sehr erfreut, Frau Ilse zu sehen. »Schon so früh hier, gnädige Frau? Ich will Frau Müller rufen.«
»Nein«, versetzte die alte Dame, »das ist nicht nötig. Eigentlich kam ich zu Ihnen, Reicher, denn ich erwartete, Sie hier zu finden.«
»Zu mir, gnädige Frau? Kann ich etwas für Sie tun?«
»Ja«, sagte Ilse. »Wollen Sie mich nach Hause begleiten?«
»Sehr gern. Ich stehe ganz zu Ihren Diensten.«
Sie verließen zusammen die Villa und plauderten einige Augenblicke über gleichgültige Dinge. Dann schlug Großmutter Gontrau einen Seitenweg ein, der durch einen kleinen Park nach ihrer Wohnung führte. Hier war es sehr still. Hans, der noch immer nicht wußte, was sie mit ihm zu besprechen hatte, schaute sie verwundert von der Seite an.
»Darf ich Ihnen eine unbescheidene Frage vorlegen?«
Hans nickte ein wenig beklommen, er wußte selbst nicht, warum.
»Lieben Sie meine Enkelin Irma?«
»Ja, gnädige Frau«, sagte er schlicht, aber das genügte. Der ernste Ausdruck seiner grauen Augen, der tiefe, volle Klang seiner Stimme machten alle weiteren Beteuerungen überflüssig.
Ilse reichte ihm die Hand. »Das freut mich«, erwiderte sie; »ich glaube nicht, daß es auf der ganzen weiten Welt einen Mann gibt, dem ich sie lieber anvertrauen würde.«

»Wie innig danke ich Ihnen, gnädige Frau!« stammelte Hans entzückt.
»Und doch muß ich Ihnen abraten, ihr jetzt schon die große Frage zu stellen. Warten Sie noch!«
»Weshalb raten Sie mir das, gnädige Frau?«
»Irma ist noch so jung«, entgegnete Ilse zögernd, »so unbesonnen.«
»Ach, gnädige Frau, wenn das der einzige Grund ist, dann glaube ich, daß eine Liebe wie die meine, so warm, so treu und gut gemeint ist, sie reifer machen wird!«
»Es gibt noch einen andern Grund.«
»Und wenn es hundert gäbe, Frau Gontrau«, rief Hans ungeduldig, weil die alte Dame nur in halben Andeutungen sprach, »ich kann nicht warten; gestern habe ich Irma gegenüber bereits angedeutet, daß ich heute diese wichtige Frage stellen werde. Warum sind Sie dagegen?«
»Weil Irma Sie derzeit noch nicht liebt, und wenn sie Ihren Antrag annimmt, es aus Trotz tut, aus gekränkter Eitelkeit, weil ein anderer mit ihr sein Spiel getrieben hat.«
Hans Reicher wurde totenbleich und schaute Ilse Gontrau entsetzt an. Über sein offenes Antlitz legte sich ein Ausdruck so tiefen Kummers, daß sie fühlte, wie ihre Augen feucht wurden. Ganz in der Nähe stand eine Bank unter einem Platanenbaum, der sie den Blicken Vorübergehender entzog. Sie nahm seine Hand und zwang ihn, sich neben sie zu setzen. Dann erzählte sie ihm alles.
Er hörte ihr zu, gesenkten Hauptes und mit fest zusammengepreßten Lippen. Ilse Gontrau hatte wohl einen Ausruf der Entrüstung, des Schmerzes erwartet, aber er schwieg.
»Hans«, begann sie endlich wieder. »Sie müssen doch einsehen, daß ich Ihnen das alles gesagt habe, weil es

meine Pflicht ist, weil ich nicht anders konnte. Ich habe Irma gewarnt, doch sie hat nicht hören wollen. Möglich, daß ich zu schwach gegen sie war, aber ich habe sie so über alle Maßen lieb. Jetzt muß ich sie gegen ihr eigenes Ich zu schützen suchen. Sie braucht eine harte Lehre. Ist Ihre Liebe groß genug, um ihr diese zu erteilen?«

»Ja, gnädige Frau.«

»Für den Augenblick ist sie entschlossen, Ihnen ihr Jawort zu geben. Ist Ihre Liebe stark genug, um dieses jetzt nicht anzunehmen und sie zu hindern, daß sie etwas tut, was schlecht und ihrer nicht würdig ist?«

»Ja, gnädige Frau.«

Bewundernd drückte Ilse ihm die Hand. »Ich wußte wohl, daß ich mich in Ihnen nicht getäuscht habe. Alles, was wir gesprochen haben, bleibt ein Geheimnis zwischen uns beiden. Es wird eine Zeit kommen, in der Irma ihr Unrecht einsieht.«

»Das glaube ich nicht, gnädige Frau, wage auch nicht darauf zu hoffen. Ich werde Irma ewig lieben, weil ich nicht anders kann, weil ich gleich beim erstenmal, als ich sie sah, fühlte, diese oder keine. Aber liebe ich sie auch noch so unendlich, mit mir spielen lasse ich nicht.«

Großmutter Gontrau zog sich, sobald sie wieder nach Hause gekommen war, ungesehen auf ihr Zimmer zurück.

Zum Abend hatte Onkel Heinz die ganze Familie zu sich eingeladen; er wollte auch das Brautpaar durch eine Festlichkeit ehren. Schon seit Tagen hatte er mit Hans Reichers Hilfe seine Zimmer ausgeräumt und die Leute, bei denen er wohnte, in Wut versetzt, weil er das ganze Haus von unterst zuoberst kehrte. In seinem Studierzimmer stand die große Tafel zum Abendessen gedeckt. Solche Unmengen hatte er von allem bestellt, daß seine Hauswirtin seufzend erklärte, es würde hinreichen, ein ganzes Regiment zu bewirten. Doch der alte Herr hatte sich nicht raten lassen. Kalter Lendenbraten, zierlich geschnitten, mit Sülze belegt und von Petersilie eingefaßt, war zwischen Schüsseln mit Hühnern und Koteletts aufgestellt, die Beinchen und Knochen sauber in Papiermanschetten gesteckt. Der polnische Salat wetteiferte in kunstreicher Anordnung und Farbenpracht mit den schönen gelben und rosa Torten. Knallbonbons in vergoldeten Hülsen, Schalen mit eingemachten Früchten, Kuchen und andere Leckereien spiegelten sich wider im Grün und Goldgelb der Rheinwein- und Sektgläser. Das Allerschönste und Kunstvollste aber war das Mittelstück, ein hoher, aus Mandelteig gebackener, von einer sinnbildlichen Darstellung aus Zucker gekrönter Tempel. Am Kamin stand, wie Soldaten in Reih und Glied, eine Batterie Flaschen, lauter feinste Marken. Onkel Heinz' Schlafzimmer, der größte Raum der ganzen Wohnung, war in einen Tanzsaal verwandelt; alle Möbel waren entfernt und in alle möglichen Ecken und Winkel des Hauses gestopft worden. Er und Hans hatten schon die Nacht vorher in der guten Stube der Wirtsleute geschlafen. Um den Tanzsaal würdig auszustatten, hatte der Onkel Bänke und Sofas gemietet und längs der Wand aufgestellt Auch ein Klavier war herbeigeschafft worden, und da keiner der Gäste sich mit dem Ableiern der Tanzmusik abmühen sollte, erschien ein dünnes Männlein, das den ganzen Abend aufspielen und schon während des Essens etwas zum besten geben sollte. Doch bevor sich dieser Künstler ans Klavier setzte, hatte der Professor ihn so mit allerhand guten Dingen vollgestopft und ihm soviel Burgunder zu trinken gegeben, daß es sehr fraglich war, ob er seine Aufgabe zur Zufriedenheit lösen würde.

Das Wohnzimmer diente zum Empfang der Gäste.

Riesige Blumengruppen standen in den Ecken, die Tür war ausgehoben und an ihrer Stelle eine Art Ehrenpforte entstanden, unter der Maud und John hindurchgehen mußten. Aber als das Brautpaar mit seinem Gefolge eingetreten war, als der unglückliche Jüngling am Piano den Hochzeitsmarsch in rasendem Tempo abgespielt hatte und jeder seiner Bewunderung und Freude über diesen festlichen Empfang Ausdruck gab, blieb es doch nicht ganz verborgen, daß es an der guten Laune des Gastgebers haperte, sosehr er sich auch bemühte, seinen Kummer nicht durchblicken zu lassen. Endlich gestand er, daß er wütend sei, weil Hans an diesem Nachmittag einen dringenden Brief erhalten habe, der seine schleunige Heimkehr nötig mache; schon am folgenden Tag müsse Hans abreisen.

Ausrufe des Bedauerns, der Verwunderung und Neu gier folgten. Blieb Hans denn nicht wenigstens bis zur Hochzeit? War seine Anwesenheit daheim so dringend erforderlich, daß er sie nicht um ein paar Tage verschieben konnte? Was mochte vorgefallen sein?

Freundlich, aber mit großer Entschiedenheit erklärte Reicher, daß sein Entschluß unwiderruflich feststehe; er könne nicht genau auseinandersetzen, warum seine Abreise so dringend nötig sei, denn es sei kein Thema, das er auf einem Fest erörtern möchte. Die Freude und das Vergnügen dürften dadurch in keiner Weise gestört werden.

Onkel Heinz jedoch konnte es noch immer nicht verwinden, und als das Fest in vollem Gang war, winkte er Irma, führte sie in ein abgelegenes Winkelchen und fragte ohne Einleitung ziemlich schroff: »Nun sollst du mir einmal ehrlich beichten, kleine Kröte, welchen Anteil du an Hans' plötzlicher Abreise hast.«

Irma war über diese Neuigkeit ebenso erstaunt gewesen wie die andern und hatte geglaubt, Hans würde

zu ihr kommen und ihr sein bitteres Leid klagen, daß seine Pflicht ihn plötzlich abrufe. Nichts von alledem war geschehen. Es schien im Gegenteil, als vermeide der junge Mann, auch nur einen Augenblick mit ihr allein zu sein und vertraulich mit ihr zu reden.
Als sie wie alle andern ihrem Bedauern, daß er fort müsse, Ausdruck gab, hatte er sie einen Augenblick flüchtig angeschaut und dann lächelnd versichert, solches Interesse sei zuviel Ehre für ihn. Während des ganzen Abends fand sie bei ihm die kühle Höflichkeit und Gleichgültigkeit wieder, die er auf Floras und Gustavs Hochzeitsfest gezeigt hatte, und nichts von der großen Liebe, den ehrerbietigen und doch so auffallenden Huldigungen der letzten Tage. Zuerst war Irma sehr erstaunt – Hans zeigte sich so heiter, so gut aufgelegt, so ruhig und durchaus nicht reizbar und erregt, daß sie diese plötzliche Umwandlung nicht begriff –, dann wurde sie wütend. Was bildete er sich denn ein? Wagte auch er es, mit ihr zu spielen? Sie wollte ihn haben, um sich an Hochstein zu rächen; vereitelte er diesen Plan, so sollte er dafür büßen. Sie hätte vor Zorn weinen mögen und durfte sich doch nichts merken lassen, sondern mußte tun, als unterhielte sie sich.
Kein Wunder, daß sie nun auf Onkel Heinz' Frage auch heftig und böse antwortete: »Ich habe nichts zu beichten. Ob Hans fortgeht oder bleibt, ist mir völlig einerlei.«
»Ich glaube doch ...«, nahm der Professor wieder das Wort.
Irma aber, gereizt durch alle Vorfälle der letzten Zeit, fiel ihm mit der ganzen Frechheit eines verzogenen Kindes in die Rede: »Du brauchst nichts zu glauben, Onkel Heinz. Zwischen dem Bauern und mir gibt es nichts. Ich will gar nichts mit ihm zu schaffen haben.«
Onkel Heinz wurde nicht böse. »Dann ist's ja gut«,

sagte er ruhig. »Denk nur an das Märchen vom Schweinehirten, Kind!«

Tränen der Entrüstung und der Wut in den Augen, wandte sich Irma ab.

Das Fest war zu Ende, und die Wagen fuhren vor. Beim Abschiednehmen kam Flora auf den Einfall, daß es himmlisch sein müsse, nach Hause zu gehen. Es war Vollmond und die Luft so mild, daß es als wahre Erquickung erschien, nach der Hitze und dem Trubel des Festmahls eine Viertelstunde in der erfrischenden Nachtluft zu verbringen.

Der Vorschlag der jungen Frau fand allgemeinen Beifall bei der Jugend. Der Weg führte durch den Park, der die Stadt mit dem Villenviertel verband, wo Onkel Heinz wohnte, und bot daher für die Goldleder- und Lackschuhe der Damen keine Schwierigkeit. Ilse Gontrau und die älteren Herrschaften schüttelten über diesen tollen Einfall die Köpfe, aber unter lautem Jubel wurden sie in die Wagen befördert, und das junge Volk machte sich zu Fuß auf den Weg.

Ein Freund Ludwigs wollte Irma gerade den Arm bieten, als Hans ihm zuvorkam mit den Worten: »Ich darf Sie wohl nach Hause bringen, Irma.«

Der Ton seiner Stimme glich mehr einem Befehl als einer Bitte. Schon wollte Irma herausfordernd den Kopf in den Nacken werfen und, ohne etwas zu erwidern, den Arm des jungen Mannes nehmen, als Hans sie ernst und streng anschaute. Ohne sich Rechenschaft darüber abzulegen, fühlte sie unwillkürlich seine Überlegenheit. Sie zürnte sich selbst, daß sie gehorchte, und nahm widerstrebend die Begleitung von Hans an.

Einige Minuten schritten sie schweigend nebeneinander her. Irma mit vor Erwartung und ein wenig auch vor Schuldbewußtsein klopfendem Herzen, denn sie fühlte, daß nun die Erklärung für sein sonderbares Be-

nehmen kommen werde. Hans kämpfte mit der Versuchung, sie in seine Arme zu nehmen und ihr liebe, zärtliche Worte ins Ohr zu flüstern; denn sie sah im Mondenschein, mit einem seidenen Schal um das goldgelockte Köpfchen, so reizend aus, daß es ihm schwer wurde, ihr die harten, strengen Worte zu sagen, die er sich vorgenommen hatte. Doch der Gedanke, daß er, wenn er jetzt seinem Gefühl nachgäbe, sein ganzes künftiges Glück aufs Spiel setzte, gab ihm Kraft. Er überwand alle Weichheit und begann:
»Irma, erinnern Sie sich noch, um was ich Sie bat, als ich das letzte Mal Abschied von Ihnen nahm?«
»Nein«, versetzte sie, den Kopf abwendend.
»Ich sagte, ich wolle mich darein ergeben, daß Sie mich nicht zu lieben vermöchten, und bat Sie, eingedenk zu sein, daß Sie an mir einen treuen Freund hätten, der alles opfern würde, um Sie glücklich zu machen.«
»Und was soll das nun?«
»Ich habe Ihnen also meine Liebe nicht aufgedrängt und als einziges Recht von Ihnen gefordert, daß Sie mich als Freund betrachten.«
»Aber ich weiß nicht...«, stammelte Irma, die nicht begriff, wohin er zielte, und der gar nicht behaglich zumute war.
»Als ich jetzt wieder herkam, hatte ich nicht die geringste Hoffnung, daß Ihre Gefühle für mich eine Wandlung erfahren hätten. Meine Liebe zu Ihnen war unverändert geblieben, aber ich hatte gelernt, daß Unvermeidliche mit Fassung zu tragen. Haben Sie nun wirklich angenommen, ich würde mich dazu gebrauchen lassen, der Welt zu zeigen, daß Sie um einen Mann nicht in Verlegenheit seien, nachdem Hochstein Ihnen bewiesen hatte, daß er es mit Ihnen nicht ehrlich meinte?«
»Hans!« rief Irma totenbleich und entrüstet. »Wie

dürften Sie sich herausnehmen, darauf anzuspielen! Wer hat Ihnen das erzählt?«

»Das gehört nicht zur Sache. Hätte ich es nicht erfahren, so wäre das später geschehen, und ich danke dem Himmel, daß ich noch zur rechten Zeit gewarnt wurde. Hören Sie, Irma! Sie haben mich schmachvoll behandelt; ich glaubte Ihnen, glaubte, daß Sie mich wirklich gern hätten, und Sie ahnen nicht, wie glücklich mich das machte. Jetzt weiß ich, daß Sie mich zum Narren hielten, daß Sie Komödie spielten und mit der großen, echten, ehrlichen Liebe eines Mannes Ihr Spiel trieben. Wenn das alles ist, was Ihre eigene Liebe und die bittere Enttäuschung Sie gelehrt haben, dann kann ich nicht glauben, daß Sie sich je etwas aus diesem Hochstein machten.«

Irma schluchzte, und Hans bedurfte seiner ganzen Selbstbeherrschung, um gleich streng fortzufahren. »Hätte ich Sie heute gebeten, meine Frau zu werden, so würden Sie ja gesagt und damit etwas Gemeines getan haben. Denn es ist gemein von einem Mädchen, einen Mann zu heiraten, den es gar nicht liebt, und nicht wahr, Sie lieben mich ganz und gar nicht?« Er ergriff ihre Hand mit Gewalt und zwang sie, ihn anzusehen. Der Mond schien so hell, als ob es Tag wäre. Stolz aufgerichtet stand Hans da, nicht wie ein Bittender, nicht wie ein Anbeter, sondern wie ihr Richter. Auf seinem klugen, entschlossenen Antlitz, das sie stets für häßlich gehalten hatte, las Irma plötzlich tiefen Ernst und männlichen Stolz. Was sie trotz aller Verliebtheit für Hochstein nie gefühlt hatte, Achtung vor seinem Charakter und die Erkenntnis seiner Überlegenheit, das empfand sie in diesem Augenblick für Hans. Sie schaute ihn unverwandt an, gab aber keine Antwort.

»Nicht wahr«, wiederholte Reicher. »Sie machen sich nichts aus mir?«

Gewaltsam entriß sie sich dem Eindruck seiner Rede Es ging doch nicht an, einem Mann, der es wagte, ihr so den Text zu lesen, der so gegen sie auftrat, etwas anderes als nein zu sagen. Ihre Eitelkeit kam ihr zu Hilfe. Sie entzog ihm heftig die Hand. »Nein«, versetzte sie, »ganz und gar nichts.«

»Das wußte ich«, fuhr er traurig fort, »und damit fällen Sie Ihr eigenes Urteil. Wie ich schon sagte, Irma, ich hatte mich darein ergeben, daß Sie nie die Meine werden könnten. Ich bin nicht gewöhnt zu betteln und werde auch nie um Liebe flehen. Aber Sie haben mir unsagbar großen Kummer bereitet, und wenn Sie an Ihr eigenes Leid denken, werden Sie das vielleicht verstehen. Wenn Sie mit dem elenden Otto oder mit einem andern verlobt wären, hätte ich das besser ertragen als die Erkenntnis, daß Sie eine ganz oberflächliche Kokette sind, die sich und mich, nur um ihrer Eitelkeit willen, unglücklich machen wollte.«

»Sind Sie noch nicht zu Ende?« rief das Mädchen, vor Zorn und Scham bebend. »In jedem Falle lasse ich mich nicht länger von Ihnen beleidigen.«

»Noch nicht«, entgegnete Hans und hielt sie mit eisernem Griff fest, als sie sich entfernen wollte. »Ich habe Ihnen noch etwas zu sagen. In gewisser Hinsicht bin ich ein sehr dummer Kerl, denn trotz alledem liebe ich Sie noch immer, und werde Sie ewig lieben; dieses Gefühl kann ich nicht mit der Wurzel ausreißen, es ist stärker als mein Verstand, aber nicht stärker als mein Wille. Wenn Sie mich jetzt auf den Knien anflehten, Sie zu heiraten, ich würde es nicht tun. Nur wenn Sie einmal zu der Einsicht gelangen sollten, wie tief Sie mich gekränkt haben, wenn Sie aus eigenem Antrieb zu mir kämen, um mir zu sagen, daß Sie mich über alles lieben und sich kein Glück ohne mich denken können, wäre ich imstande, zu vergessen und zu vergeben, und würde Ihnen die Hand fürs Leben reichen.«

»Da können Sie lange warten!« rief das junge Mädchen außer sich vor Zorn. »Lieber sterben!«
»Da sei Gott vor!« nahm Hans ernst das Wort. »Und nun sind Sie gleich zu Hause, Irma. Leben Sie wohl! Wir beide haben uns für den Augenblick nichts mehr zu sagen.«
Irma beschleunigte ihre Schritte, um die andern einzuholen. Vor Frau Gontraus Wohnung wurde Abschied genommen. Hans reichte Irma die Hand. Wider Willen blickte sie ihn noch einmal an; ein tiefer schmerzlicher Ausdruck lag in seinen Augen, aber die kalten Finger, welche die ihren nur leicht berührten, zitterten nicht.
Ohne mit irgend jemand ein Wort zu wechseln, eilte Irma auf ihr Zimmer und warf die Tür heftig ins Schloß.
Bald darauf klopfte es. »Wer ist da?« rief das Mädchen unwillig. »Ich bin müde und mag mit niemandem mehr sprechen.«
»Ich bin es, Kind«, erklang die Stimme der Großmutter. »Was bedeutet es, daß du dich einschließt? Laß mich hinein!«
Irma gehorchte. Mit blassem Gesicht, aus dem die sonst so sanften, kindlichen Augen unnatürlich groß herausstarrten, stand sie vor der alten Dame, die sie ernst und doch freundlich anschaute. Irma war, als ob sie den Blick nicht ertragen könnte. »Großmutter«, sagte sie gepreßt, »hast du Hans erzählt, was zwischen mir und Otto Hochstein vorgefallen ist?«
»Ja, Irma.«
»Wie konntest du?« rief das Mädchen, alle Ehrerbietung und den Altersunterschied vergessend. »Wer gibt dir das Recht dazu?«
»Meine große Liebe zu dir, mein Kind.«
Irma lachte auf und warf den Kopf in den Nacken.
»Ja, meine Liebe zu dir«, wiederholte die Großmutter

sanft, denn wie bitter weh es ihr auch tat, daß die Enkelin so lieblos gegen sie aufzutreten wagte, böse wollte sie mit ihr nicht sein. »Ich habe dich viel zu lieb, um ruhig mit ansehen zu können, daß du etwas machst, was du dein Leben lang bereuen würdest. Ich habe dich gegen dein eigenes Selbst in Schutz genommen; das konnte kein anderer tun.«

»Es war schändlich«, stieß Irma hervor, »du hast mein Vertrauen mißbraucht, und dazu hattest du kein Recht.«

»Und du durftest einen Mann nicht betrügen, der dir nie im Leben etwas zuleide getan hat; du hättest ihn und dich selbst unglücklich gemacht.«

»Wer sagt dir, daß er unglücklich geworden wäre, wenn er nichts erfahren hätte?«

»Trotzdem hättest du ihn betrogen. Wenn ein Mädchen einen Mann heiratet, den es nicht liebt, handelt es schlecht und macht den Mann, den es auf diese Weise belügt, unglücklich. Vor diesem Fürchterlichen habe ich dich bewahrt.«

Irma fing an, leidenschaftlich zu schluchzen. »Und nun hast du mich von diesem Elenden, diesem Bauern, beleidigen lassen. Du weißt nicht, was er mir alles zu sagen wagte! Ich hasse ihn.«

»Ich weiß, daß du dich in deinen Augen erniedrigt und gedemütigt fühlst, Kind. Aber darüber wirst du hinwegkommen. Glaube mir, es ist besser, als dein ganzes Leben lang etwas zu bereuen, das du nicht ungeschehen machen kannst.«

Frau Ilse, die mit dem unglücklichen, verwöhnten Kind innigstes Mitleid empfand, wollte es zärtlich in ihre Arme schließen, aber ungestüm wandte sich Irma ab. »Ich fühle mich nicht gedemütigt«, bäumte sie sich trotzig auf und hatte Mühe, ihre Tränen zurückzudrängen. »Geh nur! Ich habe dich nicht mehr lieb, ich will fort von hier.«

»Irma!« rief die Großmutter traurig.
Das junge Mädchen aber war zu sehr überreizt, um zu begreifen, wie weh sie der alten Frau tat, und wiederholte heftig: »Ja, ich will fort; ich will Mama bitten, mich mitzunehmen.«
Da ging die Großmutter stumm hinaus.

Die Vermählungsfestlichkeiten hatten einen traurigen Abschluß. Irma wurde krank. Die vielen Aufregungen der letzten Zeit waren zuviel für dieses Kind, das Kummer und Enttäuschungen bisher kaum dem Namen nach kannte. Am Tag nach dem Fest bei Onkel Heinz lag sie in heftigem Fieber. Der Doktor wurde geholt, er erklärte, daß kein Grund zur Besorgnis bestehe und daß nur äußerste Ruhe und Schonung nötig sei, da die Nerven des jungen Mädchens stark überreizt seien. Irma wollte nur von ihrer Mutter gepflegt werden; kam Frau Ilse oder jemand von den andern ins Krankenzimmer, so wurde sie unruhig. Wie bitter weh das der alten Dame auch tat, sie sah ein, daß sie sich fügen müsse, da die Gesundheit des geliebten Kindes auf dem Spiel stand. Bei Müllers herrschte die Ansicht, daß Hans Reichers plötzliche Abreise mit Irmas Krankheit in Beziehung stehe; Fragen zu stellen wagte aber niemand, nur Agnes machte schüchtern eine zarte Anspielung, erhielt jedoch von Frau Gontrau kurz zur Antwort, daß nichts zu berichten sei.
Das neuvermählte Paar war abgereist, und um Irma die Aufregung des Abschieds zu ersparen, hatte Maud ihr brieflich Lebewohl gesagt. Gustav und Flora kehrten heim, und Ruth beschloß mit ihrem Mann, daß er nach München vorausfahren solle, während sie auf die dringende Bitte ihres Töchterchens noch bleiben wollte, bis das Kind soweit hergestellt war, daß sie es ohne Sorge verlassen konnte. Die vollkommene Ruhe nach den geräuschvollen Festtagen, der stille Friede

bei Großmama und die treue Pflege ihrer Mutter taten Irma gut; die furchtbare Reizbarkeit ließ nach, und sie lehnte sich auch bald nicht mehr dagegen auf, wenn Frau Ilse bei ihr saß oder Ruth in der Pflege ablöste. Trotzdem fühlte die Großmutter, wie anders das Benehmen ihrer Enkelin geworden und daß die innige Herzlichkeit von früher einer kühlen Zurückhaltung gewichen war, die ihr sehr weh tat. Sie ließ sich das freilich nicht merken, widersetzte sich auch nicht, als die nun fast genesene Irma den Wunsch aussprach, auf unbestimmte Zeit mit ihrer Mutter nach München zu gehen. Im Gegenteil, sie stellte Ruth vor, daß es nach dem Vorfall mit Hochstein für das junge Mädchen gut sein werde, in eine ganz andere Umgebung zu kommen; und als ihre Enkelin abreiste und Großmutters warme, innige Umarmung mit einem kühlen Kuß erwiderte, verstand die alte Frau sich zu beherrschen und schaute das Kind nur mit einem langen, schmerzlichen Blick an.

Einige Tage zuvor waren Müllers mit Agnes und Karl auf Reisen gegangen, um die Ferien des Knaben gemeinsam in Holland und Belgien zu verbringen. Daher fühlte sich Großmutter Ilse sehr einsam, wenn sie so ganz allein in ihrem stillen Wohnzimmer saß. Traurig starrte sie vor sich hin, und bei dem Gedanken, daß die Enkelin, die sie mit ganzer Seele liebte, sie gefühllos und kalt verlassen hatte, füllten sich ihre Augen mit Tränen.

Eine wohltuende Unterbrechung ihrer Einsamkeit bildeten die Besuche von Onkel Heinz. Er setzte sich dann ohne viele Worte seiner alten Freundin gegenuber, wohl wissend, daß in einem solchen Augenblick stille Teilnahme wohltätiger wirkt als lange Trostreden.

Endlich, als er einmal sah, daß Tränen über ihre bleichen Wangen rollten, konnte er es nicht mehr aushalten und fragte: »Aber Frau Gontrau, möchten Sie Ihrem alten Freunde nicht lieber einmal erzählen, weshalb das Kind eigentlich fort ist und warum es in letzter Zeit so garstig zu Ihnen war?«

»Woher wissen Sie, daß Irma garstig war?« fragte die Großmutter erstaunt.

»Alles, was Sie betrifft, merke ich sofort, wenn Sie auch vielleicht glauben, daß ich stumpf und gleichgültig geworden sei. Ich sah gleich, daß es außer Irmas Krankheit noch etwas gab, was Ihnen Kummer bereitete.«

Ilse tat gewiß das klügste, indem sie Onkel Heinz alles erzählte, was zwischen Irma und Hans vorgefallen war.

Der Professor blickte sinnend vor sich hin und sagte in den ersten Minuten kein Sterbenswörtchen. »Glauben Sie, daß Reicher dem kleinen, dummen Ding ganz gleichgültig ist?« fragte er endlich.

»Ich weiß nicht«, versetzte Ilse, »doch denke ich wohl, daß er durch bestimmtes Auftreten Eindruck auf sie gemacht hat.«

»Sie müßte furchtbar dumm sein, wenn das nicht der Fall wäre«, meinte Onkel Heinz heftig. »Hans Reicher ist ein Kerl; ich sage Ihnen, der wiegt zehn Hochsteins auf!«

»Das glaube ich gern«, fuhr Frau Ilse lächelnd fort; »aber ich fürchte doch, daß er für Irma verloren ist, denn er scheint sie hart angepackt zu haben.«

»Und ich versichere Ihnen, er liebt das undankbare Ding noch immer grenzenlos. Als sie krank war, bekam ich alle Tage Briefe von ihm; er war in Todesangst, und erst als ich ihm schrieb, daß die Besserung gute Fortschritte mache, kam wieder der praktische, ruhige Hans zum Vorschein.«

»Wohl möglich«, seufzte die Großmama. »Aber aus eigenem Antrieb wird das Kind nicht zurückkehren.

Sie ging so kühl von mir; ich fürchte, ich habe ihre Zuneigung verloren.«

»Unsinn! Dummes Zeug!« rief der Professor. »Was denken Sie denn von ihr? Sie ist Ihre Enkelin und die Tochter meiner kleinen Ruth. Art läßt nicht von Art, Frau Ilse.«

»Es ist sehr lieb von Ihnen, mich trösten zu wollen, Onkel Heinz, aber Sie kennen die heutige Jugend nicht; sie glaubt immer und in allem recht zu haben.«

»Ja, das weiß ich, Frau Ilse. Schlimmer jedoch als die Trotzköpfe von früher kann sie auch nicht sein – und die kenne ich durch und durch.«

Frau Gontrau blickte ihn verständnisinnig lächelnd an, und der alte Herr fuhr fort: »Ich verbürge mich für das Kind. Irmas gesunder Verstand wird den Sieg davontragen; sie wird schließlich aus eigenem Antrieb zurückkehren und einsehen, daß sie sich sehr garstig benommen hat. Wer weiß, vielleicht kommt auch zwischen Hans und ihr noch alles in Ordnung! Wir können dabei nichts tun, Frau Gontrau, wir müssen es der Zeit überlassen und in Geduld zuwarten.«

Zunächst schien die Aussicht, daß sich des Professors Hoffnung erfüllen werde, sehr gering zu sein. Reicher, der über Irmas Gesundheit beruhigt war und wußte, daß sie sich in München bei ihren Eltern befand, ließ nichts mehr von sich hören. Das junge Mädchen schrieb zwar pflichtgetreu zweimal wöchentlich, aber ihre Briefe waren so kühl, enthielten außer einem Bericht über die herrlichen Musikaufführungen und die prachtvollen Theatervorstellungen, in denen sie schwelgte, und die interessanten Bekanntschaften, die sie machte, so wenig, daß Frau Ilse sie seufzend fortlegte. Sie antwortete freundlich und herzlich, spielte aber mit keinem Wort darauf an, daß sie sich einsam fühle und sich grenzenlos nach ihr sehne.

Fast Abend für Abend saßen die alte Dame und der Professor beisammen und spielten Schach oder sprachen über die Vergangenheit und erwogen alle Möglichkeiten, die nach Onkel Heinz' Ansicht noch bestanden, daß Irma ihr Unrecht einsehe. Nach einiger Zeit fiel ihm ein veränderter Ton in ihren Briefen auf. Sie schrieb herzlicher und beklagte sich ein wenig. Papa und Mama hatten so viel zu tun und gingen oft aus; sie aber war nicht musikalisch genug, um so häufig, manchmal Tag für Tag, morgens, mittags und abends mit Genuß Musik zu hören. Sie fragte voll Anteilnahme nach allerhand Dingen. Wie sah's wohl in ihrem Stübchen aus? Wer pflegte die Blumen? Was machte Jim, ihr Hündchen, das sie nicht mit nach München hatte nehmen können, weil ihre Eltern in möblierten Zimmern wohnten? War es nicht traurig jetzt, da seine Herrin in der Ferne weilte? Onkel Heinz nickte zufrieden, und Frau Ilse mußte sich zwingen, um diese Fragen sachlich und kühl zu beantworten, ohne hinzuzufügen, daß ihr Stübchen, die Pflanzen, ihr Hündchen und schließlich die Großmama selbst sich unaussprechlich nach ihr sehnten.
Eines Tages, als es anfing herbstlich zu werden und in dem nach Norden gelegenen Vorderzimmer schon ein Feuer im Kamin brannte, teils um der größeren Gemütlichkeit willen, teils wegen der Gicht des Professors, kam ein Briefchen, das nichts enthielt als diese Worte:

»Liebe Großmutter!
Hast Du's nicht gemerkt oder wolltest Du's nicht merken, daß ich's nicht länger aushalten kann? Willst Du all meine Abscheulichkeiten vergeben und vergessen, und darf ich heimkehren, um wieder ganz bei Dir zu bleiben? Telegraphiere mir nur das eine Wörtchen ›ja‹, und sofort reise ich ab.

Deine Enkelin.«

Als Onkel Heinz des Abends kam, war das Telegramm längst abgesandt, und mit freudestrahlenden Augen reichte ihm Ilse das Briefchen. Der alte Herr wischte sorgfältig seine Brillengläser ab und las die wenigen Worte dreimal, bevor er etwas sagte.

»Nun?« fragte Großmama Ilse ungeduldig.

»Schön«, meinte Fuchs, »es kommt genauso, wie ich mir's gedacht habe; aber hören Sie einmal, Frau Gontrau, wenn Sie glauben, daß Irma allein aus Sehnsucht zu Ihnen zurückkehrt, dann sind Sie sehr auf dem Holzweg.«

»So?« versetzte Frau Ilse etwas gereizt. »Vielleicht sehnt sie sich ebenso nach Ihnen.«

»Hm, hm!« brummte Onkel Heinz. »Es kann auch sein, daß sie nach einer dritten Person Heimweh hat.«

»Sie meinen Hans Reicher. Was hätte denn der damit zu schaffen? Er ist ja nicht einmal hier.«

»Nein, aber er ist von hier aus doch leichter zu erreichen als von München.«

»Daran glaube ich nicht«, fuhr Frau Ilse fort, ein bißchen gekränkt durch den Zweifel, daß Irma nur deshalb heimkehren wolle, weil sie es nicht länger ohne ihre Großmama aushalten konnte. »Was wissen Sie denn davon, Onkel Heinz?«

»Oh, nichts, gar nichts!« spottete der alte Herr. »Von Herzensangelegenheiten versteh' ich ja nichts, Frau Ilse. Es wäre auch sehr dumm von mir, wenn ich annehmen wollte, daß Sie ein bißchen neidisch sein würden, wenn Irma nur zum Teil um Ihretwillen heimkehrte.«

»Gewiß wäre es das«, erwiderte die Großmama gekränkt und doch beschämt, weil er sie sofort durchschaut hatte. Als sie ihn aber anblickte und hinter den Brillengläsern hervor seine alten, scharfen Augen mit einem Ausdruck auf sich gerichtet sah, den sie nur zu gut kannte, machte ihr Ärger einem edleren Gefühl

Platz, und sie reichte ihm die Hand. »Sie haben recht, bester Freund. Wollte Gott, daß ihre Sehnsucht nach Hans am größten ist!«

Ehrerbietig neigte sich der alte Professor über Frau Ilses schmale, weiße Hand und drückte seine Lippen darauf.

Es wurde beschlossen, Irmas Ankunft der Familie Müller noch einige Tage zu verheimlichen. Auch Onkel Heinz hielt es für richtiger, daß sie sich nicht gleich zeigte, und so geschah es, daß die alte Dame und das junge Mädchen am ersten Abend ganz allein waren.

Irma saß wieder wie vorzeiten Großmama zu Füßen, barg ihr goldgelocktes Köpfchen in deren Schoß und fragte wohl schon zum zehntenmal: »Bist du nun aber wirklich nicht mehr böse auf mich, Großmamachen? Jetzt begreife ich selbst nicht, wie ich so von dir fortgehen konnte. Ist nun wirklich alles vergessen und vergeben?«

Die Großmutter nahm den Kopf ihrer Enkelin zwischen ihre beiden Hände und küßte sie so innig und herzlich, daß jede andere Antwort überflüssig war. Dann schaute sie besorgt in das geliebte Antlitz. Es war nicht weniger schön, aber ein leidender Ausdruck lag um den kindlichen Mund, und die Vergißmeinnichtaugen blickten trübe. »Siehst du nun ein, Kindchen, daß ich nicht anders handeln durfte?« fragte sie sanft.

Irma nickte.

»Und daß ich dich vor einem großen Unglück bewahrte, indem ich dich hinderte, einen Mann zu hei raten, den du nicht liebtest?«

Irma erwiderte nichts und schaute nachdenklich vor sich hin.

»Siehst du nun ein«, fuhr Großmama fort, »daß Hans Reicher viel zu gut dazu ist, nur aus Ärger und Trotz

genommen zu werden, und daß du im Begriff warst, ihm ein großes Unrecht zu tun?«
Wieder kam keine Antwort, und als sich Frau Ilse tiefer herabbeugte, sah sie, daß ihr aus den großen blauen Augen Tränen in den Schoß tropften.
»Kindchen«, sagte sie so leise, daß Irma es kaum verstand, »ist es wirklich wahr, ist Hans Reicher dir nicht gleichgültig?«
Da schlang Irma die Arme um Großmutters Hals und stammelte schluchzend: »O Großmama, ich weiß nicht, aber ich glaube, ich habe ihn lieb!«
Und wie früher streichelte Frau Ilse das blonde Köpfchen und ließ das Mädchen sich nach Herzenslust ausweinen.
Endlich hob Irma den Kopf und schaute die alte Dame errötend, aber immer noch tieftraurig an.
»Erzähle mir, Kindchen, wie das gekommen ist!«
»Wie kann ich das erzählen? Ich weiß es doch selbst nicht. Nach dem Abend bei Onkel Heinz war ich wütend auf Hans: ich glaubte ihn zu hassen und wurde krank vor Ärger und Scham. Nach überstandener Krankheit war ich noch immer schrecklich böse auf ihn, aber ich glaube, im stillen hoffte ich doch auf einen Brief, in dem er seine harten Worte zurücknehmen und mich bitten würde, seine Frau zu werden. Aber ich hörte nichts von ihm, wollte auch nicht an ihn denken und sagte mir wohl hundertmal an einem Tag, daß ich gar nichts von ihm wissen wolle und ihm einen Korb geben würde, wenn er um mich anhielte. Und doch mußte ich immerfort an ihn denken. Du weißt, anfangs ging ich in München oft aus und kam mit vielen jungen Herren zusammen. Du darfst nicht denken, daß ich mir etwas darauf einbilde, und du sollst mich nicht für eitel halten, aber sie liefen mir alle nach und machten mir den Hof. O Großmama, ich fand sie alle unausstehlich mit ihrem albernen Ge-

schwätz und ihren langweiligen Artigkeiten! So war Hans nie. Er unterhielt sich ganz schlicht und herzlich und ließ doch durchschimmern, daß er mich gern hatte. Wenn diese Modegecken mit ihren weibischen Gesichtern auf mich einredeten, sah ich in Gedanken Hans vor mir mit seinen breiten Schultern, seinem klugen Gesicht und seiner tiefen Stimme; wenn sie mir hundert alberne Schmeicheleien sagten und mir die Fingerspitzen küßten, dachte ich an Hans, der mir die Hand kräftig drückte, daß es weh tat – und selbst an Hochstein, der doch ein schöner Mann und kein Geck war, fand ich, mit Hans verglichen, keinen Gefallen mehr. Immer mußte ich an Hans denken, und nie hörte ich von ihm. Da konnte ich es endlich in München nicht mehr aushalten, ich sehnte mich so sehr nach dir, und hier werde ich vielleicht doch etwas von ihm hören. Das Geschehene tut mir ja so furchtbar leid, und ich bereue es tief.« Aufs neue verbarg Irma ihr Gesicht und weinte bitterlich.

»Aber Kindchen«, sagte die Großmutter, deren Augen leuchteten und die trotz Irmas Tränen sehr glücklich war, »dann brauchst du doch nicht so zu weinen, dann kann ja alles noch gut werden!«

»Nein, nein, niemals, ich habe alles verspielt!«

»Warum? Wirklich, Kind, ich möchte dir keine Hoffnungen machen, wenn ich denke, daß später wieder eine neue Enttäuschung folgen könnte, aber ich weiß es ganz gewiß, das Hans Reicher dich noch immer liebt.«

»Das kann schon sein; aber du weißt nicht, was er mir an jenem schrecklichen Abend gesagt hat.«

»War das so schlimm?« fragte Ilse, nun doch beunruhigt. »Kannst du mir's nicht erzählen?«

Sehr langsam, als koste es sie große Mühe, kam es von Irmas Lippen: »Großmama, er hat mir an dem Abend gesagt, daß ich eine oberflächliche Kokette sei, daß er mich nicht heiraten würde und wenn ich ihn auf den Knien darum anflehte. Nur wenn ich einsähe, wie tief ich ihn gekränkt habe, und aus eigenem Antrieb zu ihm käme, um ihm zu sagen, daß ich ihn über alles liebe und mir ohne ihn kein Glück denken könne, würde er mir verzeihen und mir die Hand reichen.«

Irma trocknete ihre Tränen. »Nie werde ich einen Mann bitten, mich zu heiraten. Was Hans von mir fordert, ist unmöglich. Kommt er wieder und macht mir einen Antrag, so werde ich ja sagen, der Himmel weiß, mit welcher Freude! Aber er muß zu mir kommen.«

»Soweit ich ihn kenne, wird er das nie tun, Irma. Nur deine Eitelkeit verbietet dir, einfach zu Hans zu gehen und ihm zu gestehen, daß du unrecht gehabt hast.«

Irma erwiderte nichts, und auch die Großmutter hielt es für klüger, die Sache vorläufig ruhen zu lassen.

Am folgenden Tag kamen Müllers und Onkel Heinz, um die Heimgekehrte zu begrüßen. Alle freuten sich, sie wiederzusehen. Agnes, die nach Mauds Abreise ihre Einsamkeit oft schwer empfunden hatte, zeigte sich ausgelassen fröhlich, und bald fühlte sich Irma in ihrer altgewohnten Umgebung wieder ganz heimisch.

Mit der Zeit merkten alle, daß mit dem jungen Mädchen eine große Veränderung vor sich gegangen war, und zwar eine sehr vorteilhafte.

Tagelang blieb sie bei Großmutter zu Hause und verfertigte mit ihr allerhand niedliche Dinge für Flora, die zum Winter ein Kind erwartete. Wenn sie jetzt für einige Tage zu Gustav auf Besuch fuhr, wurden keine tollen Streiche ausgeführt wie bei ihrem ersten Besuch, sondern sie half ernsthaft der jungen Hausfrau und hörte freundlich und aufmerksam zu, wenn Flora immer wieder über das eine sprach, das sie ganz erfüllte, nämlich über das große, herrliche Glück, das sie erwartete.

Was ihr aber die größte Selbstüberwindung kostete – Irma ging zu Tante Elisabeth Müller, mit der sie seit jenem Besuch bei der Großmama kaum ein Wort gewechselt hatte. Sie ging allein, brachte einige Stunden bei der alten Dame zu und erzählte so hübsch und angeregt von München und war so liebenswürdig und aufmerksam, daß die Tante sie wiederholt aufforderte, doch ja bald wieder zu kommen. Später erklärte Fräulein Müller der Großmama, daß Irma ganz anders geworden sei, kaum wiederzuerkennen. Tante Elisabeth schrieb diese vorteilhafte Veränderung ein klein wenig auch ihrer eigenen Einmischung zu und tat sich viel darauf zugute. Großmama Gontrau fand es klug, sie bei ihrem Glauben zu lassen, und hütete sich, der alten Jungfer zu widersprechen. Dadurch und durch Irmas Freundlichkeit wurde Tante Elisabeth nach und nach etwas zugänglicher, so daß sich auch bei ihr eine Veränderung zum Guten bemerkbar machte.
Es war Herbst geworden. Auf den Gartenwegen raschelte das welke Laub, das vom Winde in tollem Tanz umhergewirbelt wurde, und noch immer schaute Ilse ihre Enkelin fragend an, und noch immer schüttelte diese niedergeschlagen das blonde Köpfchen.
Eines Morgens endlich, als der Regen an die Scheiben klatschte und alles kalt und winterlich aussah, kam Irma zur Großmutter, die in ihrem Zimmer am Schreibtisch saß und mit dem Ordnen von Briefen und Rechnungen beschäftigt war. »Großmama, ich möchte schreiben, aber ich weiß nicht was«, sagte sie.
»Ist das so schwer, Kindchen?« fragte die alte Dame, indem sie ihre freudige Überraschung hinter einer ruhigen Miene zu verbergen suchte.
»Ich habe wohl schon zwanzig Briefe geschrieben und sie immer wieder zerrissen. Ich bringe es nicht fertig.«
»Komm, setz dich hierher und versuche es noch einmal, Liebling! Ein paar Worte genügen.«

Das Mädchen ergriff die Feder. Frau Ilse tat, als bemerke sie nicht, daß schon wieder mehrere Briefbogen in den Papierkorb wanderten.
Endlich sah sie, wie Irmas Hand rasch über das Papier glitt, und einen Augenblick später stand das Kind neben ihr. »Lies, was ich geschrieben habe, Großmama! Aber es wird nichts helfen.«
Ilse las: »Hans, ich bin schon seit Wochen aus München zurück. Ich empfinde solch bittere Reue und sehne mich so nach Ihnen. Wollen Sie kommen zu Ihrer Irma.«
»Ausgezeichnet«, rief die Großmama. »Nun rasch den Umschlag geschlossen und den Brief abgeschickt! Morgen kommt er.«
»Er wird nicht kommen. Es steht nichts von Um-Verzeihung-Bitten drin.«
»Dummes Kindchen, das kannst du ja mündlich tun! Flink, hier ist eine Marke! Schreib unterdessen die Adresse!« Und schon klingelte Frau Ilse nach dem Mädchen, das den Brief zur Post bringen sollte.
In dieser Nacht schlief Irma nicht, und am nächsten Tag war sie so aufgeregt, daß die Großmama sich um sie sorgte. Den einen Augenblick war sie zufrieden mit dem, was sie getan hatte, dann wieder war sie unglücklich, zweifelte an seinem Kommen und klagte, daß die Großmama sie zu dieser furchtbaren Demütigung gezwungen habe. Wenn Hans auf ihren Ruf taub bliebe, würde sie das nicht überleben. Je mehr sich der Tag seinem Ende näherte, desto stiller und ängstlicher wurde sie. Sie saß da mit blassem Gesicht und starrte mit unnatürlich großen Augen vor sich hin; sooft es klingelte, sprang sie erschreckt auf, so daß Großmutter Mitleid mit ihr fühlte.
Es dunkelte schon, die Vorhänge waren zugezogen und die Lampen angezündet, da wurde heftig die Glocke gezogen, und bei der Totenstille im Haus ver-

nahm man deutlich eine tiefe, angenehme Männerstimme. Zitternd umklammerten Irmas kalte Hände den Arm der Großmutter.
Das Mädchen kam herein und meldete Herrn Reicher.
»Lassen Sie den Herrn eintreten!« sagte Frau Gontrau und stand auf.
»Nicht fortgehen, Großmama«, stammelte Irma mit weißen Lippen, »nicht fortgehen! Mir ist so bang.«
Aber Frau Ilse gab ihr einen ermutigenden Kuß und entfernte sich, so schnell sie konnte, durch die Seitentür. Gerade als sie verschwand, stand Hans Reicher auf der Schwelle.
Irma wagte nicht, die Augen aufzuschlagen. Zitternd blieb sie am Tisch stehen.
Sein Antlitz war bleich und schmal geworden. Daß er viel gelitten hatte, sah Irma auf den ersten Blick. Nun aber strahlte er und streckte die Arme nach ihr aus, daß sie alle Scheu vergaß und an seine Brust flog.
Hans drückte sie fest ans Herz, küßte sie auf die Lippen, die Wangen, bedeckte das ganze Gesichtchen mit leidenschaftlichen und doch sanften, zärtlichen Küssen. Und bebend vor Glück wiederholte er immer wieder: »Irma, Liebling, ist es wahr? Ist es wahrhaftig wahr? Liebst du mich?«
Sie konnte nicht antworten, weinend lag sie in seinen Armen, und er sprach mit leisen, liebevollen Worten zu ihr.
Endlich wurde Irma ruhiger; sie hob den Kopf, sah ihn durch ihre Freudentränen glücklich an und flüsterte: »Hans, willst du mir wirklich verzeihen? Willst du mich wirklich zur Frau haben?«
Und aufs neue umschlangen sie seine starken Arme, während er nur zu stammeln vermochte: »O mein Liebling!«
Meine Geschichte nähert sich ihrem Ende. Wohl

könnte ich euch, liebe Leserinnen, noch von der Doppelhochzeit erzählen, die ein halbes Jahr später stattfand, könnte schildern, wie Agnes und Irma mit den beiden Brüdern Reicher an demselben Tage in den heiligen Stand der Ehe traten. Großartige Feste wurden bei dieser Gelegenheit gefeiert. Onkel Heinz überreichte den beiden Bräuten als Hochzeitsgeschenk einen blitzenden Juwelenschmuck. Er gab ihnen zu Ehren ein glänzendes Abendessen und brachte die launigsten Trinksprüche vor, nicht nur auf die beiden jungen Paare, sondern auch – auf Fräulein Elisabeth Müller, die in einem neuen schwarzseidenen Kleid neben ihm saß, mit einem heiteren, zufriedenen Ausdruck auf dem alten, faltigen Gesicht, der sie hübscher machte, als sie je in ihrer Jugend gewesen war. Ferner könnte ich berichten, wie Maud nach einigen Jahren auf kurze Zeit mit Mann und Kind aus San Franzisko herüberkam, und wie stolz sie auf ihren »boy« war, der in jedem Zuge seines klugen Gesichtchens eine sprechende Ähnlichkeit mit John zeigte. Ich könnte euch erzählen – und sehe schon euer ungläubiges Kopfschütteln –, wie Gustavs und Floras Töchterchen im Alter von drei Jahren, Tränen in den Augen, auf ihres Vaters Klavierspiel lauschte, wie es vierjährig alle Melodien, die es hörte, nachspielte und im sechsten Lebensjahr bereits kleine Stückchen komponierte. Ich könnte euch Irma als glückliche Gattin und Mutter beschreiben, als treue Gehilfin ihres Mannes und Mitverwalterin seiner ausgedehnten Landgüter. Ich könnte euch eine Schilderung von dem großen Familienfest geben, das sie und Hans alle Jahre veranstalteten, das mehrere Tage dauerte und zu dem alle Familienmitglieder, die es nur irgend möglich machen konnten, erschienen. Die Herren vertrieben sich die Zeit mit Fischfang und Jagd, die Damen fuhren spazieren, und die Kinder taten sich gütlich an Obst, Butter und Honig. Ich könnte euch zeigen, wie Frau Ilse sich an dem Glück ihrer Enkelkinder freute, und mit welch seligem Dankesgefühl sie ihre Urenkelchen in die Arme schloß. Ich könnte euch Professor Fuchs vorführen, der die Achtzig überschritten hatte, von immer häufiger wiederkehrenden Gichtanfällen geplagt, doch ein temperamentvoller, alter Herr blieb, stets geneigt zu widersprechen und sich über Dinge zu erhitzen, die ihn nichts angingen.

Es war ein schöner Sommerabend. Die Sonne war im Untergehen. In der Villa Ilse Gontraus waren die Fenster weit geöffnet, von allen Seiten strömte die reine Luft herein, aber im Haus herrschte eine schwere Stille. Lautlos ging die Dienerschaft hin und her. Im Wohnzimmer waren Ruth von Holten, Marianne Müller, Irma, Agnes und Flora versammelt. Sie flüsterten leise, mit feuchtschimmernden Augen. Die Kleinen waren zur Stille ermahnt worden und hatten versprochen, sehr brav zu sein; sie wußten, Großmama war krank, nur gute Nacht wollten sie ihr noch sagen. Sie hatten gehört, daß Großmama sterben würde, aber sie fürchteten sich nicht. Leise flüsterte ein Kinderstimmchen nach dem andern »Gute Nacht, Omama!«

Die alte Dame mit dem weißen, schmalen Antlitz vermochte nicht mehr zu sprechen, aber sie lächelte noch matt und bewegte die Hand wie zum Gruße. Nun waren die Kleinen verschwunden, und ihre Eltern umstanden das Sterbebett.

Großmutter Ilse war eigentlich nicht krank gewesen, ihre Kräfte hatten in den letzten Jahren ganz allmählich abgenommen, aber ob auch der Körper versagte, ihr Geist blieb klar, und sie war dankbar, daß nun ohne viel Schmerzen das Ende nahte. Sie wußte, daß sie sterben würde, und sah dem Tod mit großer Ruhe entgegen. Vor wenigen Tagen hatte sie Ruth gebeten, alle ihre Lieben noch einmal an ihr Lager zu rufen. Sie hatte dabei geäußert, wie dankbar sie sich des Glücks ihrer Kinder freue, und sie gebeten, nicht um sie zu trauern, denn es sei nichts Betrübendes, wenn eine alte Frau, deren Leben ein so überreich gesegnetes gewesen war, zur ewigen Ruhe eingehe, umgeben von allen, die ihr teuer waren.

Es schien jetzt, als ob sie schlummerte, so friedlich und still lag sie in den Kissen, ihr Atem aber ging schwächer und schwächer. Großmutters Lippen bewegten sich leise, die dunklen Augen öffneten sich und richteten sich auf alle, die um ihr Lager standen, sie erkannte sie und lächelte. Es war, als ob sie noch etwas sagen wollte, aber sie vermochte es nicht. Da blieb ihr brechender Blick auf einer Gestalt im Hintergrund haften, die sich halb verborgen hielt, als gehöre sie nicht in den Kreis der Kinder. Frau Ilse winkte mit der Hand, und Onkel Heinz näherte sich dem Bett, während die andern ihm liebevoll Platz machten.

Das alte, ach so alte Antlitz des Greises wurde auch vom Abendrot beleuchtet, und in seinen erloschenen Augen schimmerte ein Glanz, als er sich über die Sterbende neigte und ihre kalten Finger den Druck noch für eine Sekunde erwiderten.

Eine große, feierliche Stille herrschte in dem Gemach, in das der Tod eingetreten war. Niemand wagte zu sprechen. Endlich, als die letzte Glut am Himmel verglommen war, näherte sich Ruth dem Sterbebett und löste die Hand des alten Mannes aus der Hand der Toten. »Komm, Onkel Heinz!« bat sie sanft.

Mit einem Lächeln auf den Lippen schaute er sie an. Dann strich er ehrerbietig und leise über die Stirn der toten Freundin und flüsterte: »Ich folge Ihnen bald, Frau Ilse.«

Und so geschah es auch.

Laura Ingalls Wilder

Unsere kleine Farm

Die Reihe »Unsere kleine Farm« erzählt die Lebensgeschichte von Laura Ingalls Wilder, die 1867 in einem Blockhaus in den Wäldern von Wiscounsin geboren wurde. Als sie fünf Jahre alt ist, bricht die Familie Richtung Westen auf. In der unendlichen Weite der Prärie gibt es viel zu sehen, zu erleben. Und mögen diese Erlebnisse auch manchmal furchterregend sein – das Wunder des großen blauen Himmels, der unbezwingbaren Weite und der Unberührtheit der Natur wiegt jede Mühsal und jede Gefahr auf. Pionierleben, wie es wirklich war!

Laura im großen Wald
Laura in der Prärie
Laure am Silbersee
Laura und ihre Freunde
Laura und der lange Winter
Laura in der kleinen Stadt

UEBERREUTER